鵬붕정대연가

붕정대연가(鵬程大戀歌) 14

임영기 新무협 판타지 소설

초판 1쇄 찍은 날 § 2022년 1월   7일
초판 1쇄 펴낸 날 § 2022년 1월 14일

지은이 § 임영기
펴낸이 § 서경석

총괄팀장 § 황창선
편집책임 § 김우진
디자인 § 스튜디오 이너스

펴낸곳 § 도서출판 청어람
등록번호 § 제387-1999-000006호
등록일자 § 1999. 5. 31
어람번호 § 제2-2900호

주소 § 경기도 부천시 부일로 483번길 40 서경B/D 3F (우) 14640
전화 § 032-656-4452 팩스 § 032-656-4453
http://www.chungeoram.com
E-mail § chungeorambook@daum.net

ⓒ 임영기, 2021

ISBN 979-11-04-92410-1 04810
ISBN 979-11-04-92299-2 (세트)

도서출판 청어람
14
임영기 新 무협 판타지 소설
Cover illust A4
붕정대연가
FANTASTIC ORIENTAL HEROES

鵬붕정대연가

목차

第百四十二章

취봉삼검(翠鳳三劍)

진천룡 일행이 복주의 번화한 거리에 나타났다.

복주는 일개 현이 아니라 복건성의 성도(省都)로서 항주의 삼분지 이 정도의 규모다.

진천룡의 좌우에는 설옥군과 부옥령이 나란히 걷고, 뒤에는 청랑과 은조, 훈용강이 따르고 있다.

진천룡과 훈용강은 챙이 넓은 방갓을 썼으며, 여자들은 면사로 얼굴을 가렸다.

얼굴을 드러내면 여러 이유 때문에 골치 아픈 일이 벌어질 것이기 때문이다.

보이지 않는 곳에서는 옥소와 정무웅, 위웅 세 사람이 따르고 있다.

정무웅과 위응의 수하인 선무건과 편무강은 진천룡의 모친을 비롯한 외가 식구들이 탄 마차와 수레를 이끌고 먼저 항주로 출발했다.

병남현을 출발해서 이곳 복주로 오는 도중에 훈용강이 취봉문과 유명부에 대해서 설명을 해주었다.

취봉문은 구대문파 중 하나인 아미파의 속가제자들이 이백여 년 전에 개파한 골수 정파다.

사마외도와 불의를 치가 떨릴 정도로 증오하고 세상은 오직 선하고 정의로운 사람들만이 살 자격이 있다고 굳게 믿고 실천하는 문파다.

아미파는 불가(佛家)이고 여승들로만 이루어진 명문 정파다.

그러므로 아미파 속가제자들로 이루어진 취봉문 역시 여자들로만 구성되었다.

취봉문은 복건성 전역의 모든 방파와 문파들에게서 매월 상납금을 받고 있다.

무도관이나 백 명 미만의 소규모 방파, 문파들에게서는 상납금을 받지 않는다.

복건성 전역의 방파와 문파의 수가 육백여 개에 달하므로 상납금은 엄청난 액수다.

그러나 골수 정파인 취봉문이 상납금을 거두는 것에 대해서 아무도 토를 달지 못하는 것에는 그럴 만한 이유가 있다.

취봉문은 상납금으로 거둔 막대한 돈을 절대로 사리사욕에 사용하지 않고 복건성 백성들을 구제하는 선한 일에만 전액 사용하고 있기 때문이다.

원래 훈용강은 인간이 선하고 정의롭다는 말을 믿지 않는 성격이었으므로 수하들을 시켜서 취봉문의 뒷조사를 해본 적이 있었다.

그러나 결과는 취봉문이 말한 대로였다. 취봉문 사람 전체가 문파 내에서 기가 질릴 정도로 검소하게 생활을 하면서 기거하고 있으며 사사롭게 재산을 갖고 있는 사람이 단 한 명도 없었다.

또한 취봉문은 복건성 구석구석을 돌면서 가난이나 수해, 가뭄, 재해, 병마 등으로 고생하고 있는 백성들을 찾아내서 일일이 구휼하고 있었다.

훈용강의 설명을 다 듣고 난 진천룡은 감탄을 터뜨리며 한마디를 했었다.

"취봉문은 정말 훌륭한 문파로구나!"

훈용강은 자신이 몇 번 안면이 있는 취봉문 장로를 따로 만나서 이쪽의 의견을 전하는 것이 좋지 않겠느냐고 진천룡에게 의견을 밝혔다.

복건성에서 가장 크고 긴 강인 민강(閩江)과 쌍룡강(雙龍江)이 합류하는 하류에 위치한 복주는 대단히 풍광이 아름다우면서도 화려한 도읍이었다.

복주에는 십엽루 소유의 주루와 기루가 열두 개 있으며 그 중에서 가장 큰 곳이 영안루(永安樓)다.

영안루는 민강 강가에 자리를 잡고 있는데 오 층의 거대한 한 채의 거각(巨閣)으로 이루어졌으며 그 안에 기루와 주루가 다 들어 있다.

훈용강은 은밀하게 첩지를 보내어 취봉문의 안면 있는 장로를 영안루로 불러냈다.

*   *   *

진천룡 일행은 영안루에 들어서 점소이에게 루주를 불러오라고 일렀다.

진천룡 일행의 외견과 위세가 하도 대단하게 보였으므로 점소이는 점주(店主)에게 고했으며, 점주가 진천룡 일행이 있는 객실로 달려왔다.

점주는 안영루에서 세 번째 권력자다. 루주와 총관 다음이 점주다.

복주에 있는 십엽루 소유 열두 개 주루와 기루를 총괄하는 곳은 지부이며 안영루의 루주가 지부주를 겸직한다.

객실 안에 들어선 점주는 앉아 있는 일남이녀와 서 있는 일남이녀를 재빨리 둘러보고는 이들의 옷차림이나 기도가 비범하다는 것을 알아차리고 바싹 긴장했다.

그는 허리를 약간 굽히고 조심스럽게 입을 열었다.

"혹시… 영웅문주 주군이십니까?"

영웅장로로 승급한 현수란이 안영루에 전서구를 날려 문주가 복주에 갈 것이라고 미리 알렸었다.

그래서 안영루는 조만간 문주가 이곳을 방문할 것이라는 사실을 알고 초긴장 상태였었다.

훈용강이 공손히 말했다.

"주군이시다."

점주는 그 자리에 납작하게 부복했다.

"주군을 뵈옵니다."

진천룡은 가볍게 고개를 끄덕였다.

"이곳에서 사람을 만나기로 했으니 부탁하네."

점주는 고개도 들지 못하고 벌벌 떨었다.

"분부 받들겠습니다……!"

진천룡 일행은 안영루에서 제일 좋은 객실로 옮겼다.

탁자에는 안영루를 복주제일루로 만들어준 유명한 요리와 술들이 가득 차려져 있었다. 진천룡 일행은 주저 없이 먹고 마시기 시작했다.

사람을 부른 경우에는 그 사람이 올 때까지 기다렸다가 술과 요리를 시키고 그 이후에 먹고 마시는 것이 예의지만 진천룡 등은 술을 앞에 두고 제사를 지내듯이 물끄러미 쳐다보고 있을 인내심 같은 게 없었다.

또한 진천룡은 수하라고 해도 먹고 마실 때 차별하는 것을 싫어하기 때문에 훈용강과 청랑, 은조도 탁자에 둘러앉아서 같이 먹었다.

항주에서 병남현에 가고 또 이곳으로 오는 동안 제대로 술을 마시지 못한 설옥군과 부옥령은 물 없이 기나긴 사막을 건넌 사람처럼 쉬지 않고 열 잔을 연이어 마시고 나서야 갈증이 풀리는 듯 한숨을 내쉬었다.

진천룡은 자신들이 술 마시는데 수하들이 멍하니 손 놓고 쳐다보기만 하면 난리가 나는 성격이다.

그걸 잘 알고 있으며 또 같이 어울려서 수십 번 술을 마신 경험이 있는 훈용강과 청랑, 은조도 자연스럽게 술을 마시고 있는 중이다.

진천룡 일행은 술과 요리가 하도 맛있어서 이곳에서 누굴 만나기로 했다는 사실마저 잠시 망각했다.

한창 주흥이 도도해지고 있을 때 객실 문밖에서 점소이의 공손한 목소리가 들렸다.

"저… 손님이 오셨습니다."

훈용강이 일어나서 문을 열었다.

척!

문밖에는 뜻밖에도 세 명의 여인이 서 있었다.

훈용강은 그녀들이 취봉문의 세 장로인 취봉삼검(翠鳳三劍)이라는 것을 한눈에 알아보았다.

그녀들 취봉삼검도 문을 열어준 사람이 훈용강인 것을 즉시 알아보았다.

취봉삼검의 외모를 보아하니 삼십 대 초반과 중반, 그리고 사십 대 초반의 나이인 듯했다.

모두 취의경장 차림이며 사십 대 초반의 여인이 안쪽에 앉아 있는 진천룡 등을 힐끗 보더니 전혀 경계심 없는 얼굴로 훈용강에게 말했다.

"삼절사존, 너 스스로 날 만나자고 하다니 호랑이 간을 삼킨 모양이로구나."

그 순간 훈용강은 까맣게 잊고 있었던 사십 대 초반의 여인 취봉일검 화운빙(華雲氷)과의 마지막 만남이 퍼뜩 생각나서 가슴이 서늘해졌다.

'아차……!'

일 년 반 전에 훈용강은 일 때문에 취봉일검 화운빙을 만났다가 볼일을 끝낸 후에 그녀를 골리려는 심보로 자신의 주특기인 염안력(艶眼力)을 발휘했었다.

일단 염안력을 발휘하게 되면 공력이 삼화취정 이상의 경지에 도달하지 않은 한 어떤 여자라도 그의 품에 스스로 안기게 되어 있다.

그 당시에 화운빙은 훈용강의 염안력에 걸려서 그녀 스스로 몸을 던져 그에게 안겼었다.

그러고는 깨어나서 낯선 객잔의 객방 침상에 혼자 알몸으로 누워 있는 자신을 발견하곤 혼절할 정도로 경악과 절망에 빠졌었다.

그녀는 자신이 훈용강에게 겁탈을 당했다고 굳게 믿었다. 그렇게 믿을 수밖에 없는 상황이었다.

그 즉시 화운빙은 눈에 불을 켜고 훈용강을 찾으려 다녔으나 그의 본거지인 삼절맹은 물론이고 그 어디에서도 그를 만날 수가 없었다.

그 당시에 훈용강은 강소성 남부지역을 지나다가 검황천문 탈혼부 휘하 제팔분부주 위융을 비롯한 오십 명의 탈혼고수의 함정에 빠져 치열하게 싸운 끝에 제압되어 검황천문으로 끌려가고 있는 중이었다.

그러나 사실 훈용강은 화운빙을 겁탈하지 않았다. 단지 평소에 그에게 깐깐하게 굴었던 그녀를 한번 된통 골려주려는 생각에 염안력으로 제압하여 옷을 홀랑 벗겨서 객잔 침사에 눕혀놓고 도망쳤던 것이었다.

그 당시 색마였던 훈용강은 십 대 어린 소녀나 아무리 나이를 먹어도 이십 대 초반의 여자만 탐했지 사십 대인 화운빙은 너무 늙다고 여겼다.

그날 이후 화운빙은 오늘 이 순간까지 단 하루도 잠을 편하게 자지 못했었다.

그런데 오늘 바로 이곳 외나무다리에서 원수를 다시 만난 것이다.

아니, 훈용강은 그런 사실을 까맣게 잊고 있었으니까 벌집을 건드린 셈이다.

화운빙은 분노를 얼굴에 드러내지 않으려고 안간힘을 쓰고 있으나 긴 속눈썹과 입술이 파르르 떨리는 것까지는 어떻게 하지 못했다.

그녀는 언제나 정정당당한 여협이었지만 오늘만큼은 정도(正道)를 벗어나 수단과 방법을 가리지 않고 훈용강을 제압하겠다는 각오로 두 명의 동료 즉, 취봉이검과 취봉삼검을 데리고 온 것이다.

그렇지만 훈용강으로서는 일 년 반 전의 그 일을 화운빙만큼 심각하고 중요하게 생각하지 않았다.

그렇기 때문에 언제나 가해자와 피해자의 간극은 좁혀지지 않는 것이다.

대부분의 가해자는 그 정도 일 같은 것은 너무도 쉽사리 망각하는 데 비해서, 피해자는 죽어서 한 줌의 재가 되더라도 잊지 못할 만큼 처절한 경우가 많기 때문인데 지금의 화운빙이 그랬다.

훈용강은 실내 안쪽을 가리키며 빙그레 웃었다.

"들어갑시다."

그가 추호도 미안한 기색을 보이지 않자 화운빙의 초승달 같은 아미가 치켜떠졌다.

당장 찢어 죽이고 싶은 인간이 마치 오랜 친구를 다시 만난 것처럼 친근하게 웃는 모습에 소름이 쫙 끼쳤다.

화운빙이 그러거나 말거나 훈용강은 주군이 있는 자리에서 체면이 구겨지고 싶지 않았다.

그는 진천룡을 등지고 화운빙에게 재빨리 전음을 보냈다.

[우리 두 사람의 묵은 얘기는 나중에 하기로 하고 어서 들어 갑시다.]

화운빙은 어이없는 표정을 짓더니 발끈했다.

"무슨 수작을 부리는 것이냐?"

훈용강은 당장 싸움이 벌어져도 눈앞의 취봉삼검 모두를 실력으로 제압할 수 있을 정도로 고강해졌다.

예전의 그였다면 자신이 아무리 큰 죄를 지었다고 해도 절대로 이렇게 저자세로 나가지 않고 승패를 떠나서 일단 들이박고 봤을 것이다.

그러나 지금은 그에게 취봉삼검을 한꺼번에 제압할 실력이 있음에도 가만히 있을 뿐이다.

화가 나거나 속이 뒤틀리는데도 참고 있는 것이 아니다. 그냥 상황이 이렇게 전개가 되고 있어서 주군한테 미안한 마음에 조금 난처할 뿐이다.

그것이 그가 정말 많이 변한 점이다. 그리고 그 자신도 지금 그걸 느끼면서 스스로 대견하다고 생각했다.

[수작이 아니오. 안에 주군이 계신데 수하인 내가 망발을 해서야 되겠소?]

"……!"

'주군'이라는 말에 화운빙의 얼굴에 놀라움이 떠올랐다가 얼른 훈용강 옆으로 실내를 들여다보았다.

화운빙의 시야에 일남사녀의 모습이 들어왔다가 다음 순간 다시 한 사람, 즉, 준수한 청년 얼굴이 동공 가득 끌어당기듯이 들어왔다.

'영웅문주!'

그 순간 화운빙은 극도의 긴장 때문에 온몸이 터질 것처럼 팽팽해지는 것을 느꼈다.

삼절사존이 영웅문주의 수하가 됐다는 사실은 너무도 유명한 일이다.

그런데 방금 훈용강이 자신의 입으로 '주군'이 안에 계시다고 했으므로 저기 앉아서 여유롭게 술잔을 기울이고 있는 청년이 다름 아닌 영웅문주 전광신수가 분명한 것이다.

*   *   *

화운빙은 훈용강이 은밀하게 첩지를 보내서 만나자고 했을 때 그가 또 무슨 수작을 부리는 것이라고 생각했을뿐 다른 생각은 하지 않았다.

사실 지난 일 년 반 동안 화운빙의 내심은 무척이나 복잡했던 게 사실이다.

마음 한편으로는 훈용강을 찾아내서 천참만륙 갈가리 찢어 죽이고 싶으면서도, 또 다른 마음 한편으로는 그가 아련히 그립기도 했다.

처음에 훈용강이 그리운 마음이 들고 또 어떤 날 밤에는 자신도 모르게 그의 품에 안기고 싶다는 생각이 슬며시 들 때는 그녀 스스로 혼절할 만큼 놀라기도 했었다.

갈가리 찢어 죽이고 싶은 원수가 그립고 또 그 품에 안기고 싶다니 말도 안 되는 일이다.

하지만 날이 갈수록 그런 생각이 드는 것이 한 남자에게 몸을 바친 여자의 숙명일지도 모른다는 체념 같은 것이 뭉클뭉클 들기도 했었다.

하여튼 복잡하기 짝이 없는 심정이었다. 그리고 세월이 흐를수록 훈용강을 죽이고 싶은 원한보다는 그를 보고 싶다는 그리움이 더 강렬해지는 것을 어쩌지 못했다.

지금 화운빙의 심정은 훈용강을 다시 만나서 반갑기도 하고 원한이 치밀기도 하여 일단 반가움과 원한을 하나로 뭉뚱그려서 발출시키고 있는 중이다.

그때 훈용강이 화운빙 옆으로 슬며시 다가오더니 그녀의 귀에 입을 대고 전음을 했다.

[빙 매, 나중에 빙 매가 시키는 건 뭐든지 다 할 테니까 지금은 내 체면 좀 세워주시오.]

'이… 인간이 무슨……'

그녀는 훈용강의 뜨거운 입김이 귀에 확 뿜어지자 부르르 몸을 떨면서 안색이 크게 변했다.

훈용강은 화운빙이 반응 없이 가만히 서 있기만 하자 자신의 말이 먹힌 것이라고 생각하여 슬쩍 손을 뻗어 그녀의 팔을 잡고 안으로 이끌었다.

"자, 들어갑시다."

원한과 그리움 사이에서 갈등하던 화운빙의 마음이 뜨거운 입김 한 방에 그리움 쪽으로 확 자빠져서 훈용강이 이끄는 대로 쫄레쫄레 들어갔다.

취봉삼검의 맏언니인 화운빙이 들어가자 이검과 삼검은 자동으로 따라 들어갔다.

진천룡이 일어나서 환한 미소로 취봉삼검을 맞이했다.

"어서 오시오."

그를 따라서 설옥군과 부옥령, 청랑, 은조도 일어났지만 고개도 까딱하지 않았다.

화운빙을 비롯한 취봉이검과 취봉삼검은 진천룡과 설옥군, 부옥령 등을 가까이에서 보고는 그들의 준수함과 절세미모 때문에 크게 놀랐다.

"아……"

취봉삼검은 영웅삼신수가 짝을 찾기 어려울 정도로 준수하고 천하절색이라는 소문을 들었으나 직접 눈앞에서 보니까 결코 헛소문이 아니라는 것을 알게 되었다.

청량과 은조의 미모는 설옥군과 부옥령에 비하면 월광과 반딧불이 차이지만 그녀들끼리만 거리에 나가면 오가는 사람들이 몇 번씩 뒤돌아볼 정도의 미녀들이다.

취봉삼검은 잠시 멍하니 서 있었다. 자신들이 만나는 상대가 영웅삼신수라는 사실과 그들이 선계(仙界)의 신선들처럼 아름답기에 정신이 잠시 나갔다.

진천룡이 자리를 가리켰다.

"앉읍시다."

훈용강은 원래 은조 왼쪽에 앉았었는데 조금 전처럼 앉으려니까 자연스럽게 그의 옆에 화운빙이 앉게 되었다.

그렇지만 화운빙은 훈용강이 의도적으로 자신의 옆에 앉았다고 생각했다.

그런데도 그녀는 싫은 기색을 보이지 않고 다소곳이 두 손을 무릎에 얹었다.

현재 그녀의 마음은 그리움이 원한을 지그시 누르고 있는 형국이다.

훈용강이 두 팔을 뻗어 공손히 진천룡을 가리키며 말문을 열었다.

"주군이시오."

진천룡은 포권을 하여 취봉삼검에게 두루 흔들어 보이며 낭랑하게 말했다.

"진천룡이오."

화운빙은 차분한 목소리로 답했다.

"취봉삼검이에요."

화운빙은 꼿꼿한 자세로 진천룡을 응시하며 말했다.

"무슨 용무인가요?"

키가 크고 마른 체구이며 서글서글한 미모를 지닌 화운빙은 진천룡 좌우에 앉은 설옥군과 부옥령을 한 번씩 쳐다보고는 다시 진천룡에게 시선을 고정시켰다.

단지 설옥군과 부옥령을 한 번씩 쳐다본 것뿐인데도 화운빙의 가슴은 심하게 두근거렸다.

같은 여자인데도 그녀들의 미모를 이처럼 가까이에서 접한 순간 본능적으로 심장이 마구 두근거린 것이다.

그래서 화운빙은 되도록 그녀들을 보지 않으려고 진천룡 얼굴에 시선을 고정시켰다.

진천룡은 조용한 목소리로 말했다.

"묻고 싶은 것과 제안하고 싶은 것이 있소."

"말하세요."

화운빙은 원래 언행이 딱딱하고 차가운 것으로 유명하지만 훈용강은 그게 마음에 들지 않았다.

지금 화운빙이 상대하고 있는 사람은 훈용강의 하늘 같은 주군이기 때문이다.

훈용강은 화운빙에게 전음을 보냈다.

[빙 매, 주군께 더 공손할 수는 없겠소?]

훈용강이 아까에 이어서 이번에도 자신을 '빙 매'라고 호칭하자 화운빙은 가슴에 꽁꽁 얼었던 얼음이 조금씩 녹는 것이 느껴졌다.

그런데 훈용강이 이번에는 허벅지에 가지런히 올려진 그녀의 손등에 손을 얹으며 다시 전음을 했다.

[부탁하오.]

화운빙은 몸을 가늘게 부르르 떨었다.

그녀는 얼굴이 붉어져서 고개를 다소곳이 숙이며 공손한 자세를 취했다.

"무슨 말씀인지 세이경청하겠어요."

훈용강이 탁자 아래에서 화운빙의 손을 잡았기 때문에 아무도 그 사실을 알지 못했다.

진천룡은 화운빙 앞에 놓인 빈 잔에 술을 따르면서 온화하게 말했다.

"취봉문이 매월 거두어들이는 액수가 얼마나 되오?"

취봉문이 복건성의 육백여 개 방파와 문파로부터 상납금으로 받는 액수를 묻는 것이다.

순간 화운빙은 발끈했다. 진천룡이 물은 것은 극비는 아니더라도 함부로 발설할 수 없는 취봉문의 비밀에 속한다.

그때 훈용강이 잡고 있는 그녀의 손에 지그시 힘을 가하면서 발작하지 말라는 신호를 보냈다.

진천룡은 자신의 물음이 지나치다는 사실을 알기에 왜 그러는지 설명을 했다.

"만약 우리가 그 액수를 보전해 준다면 취봉문이 상납금을 걷지 않을 의향이 있는지 궁금하오."

보전(保錢)이란 말 그대로 취봉문이 매월 거두는 상납금 액수만큼 영웅문에서 지급하겠다는 뜻이다.

화운빙은 훈용강이 자신의 손을 잡고 있지만 궁금한 것을 참을 수가 없다.

"왜 상납금 액수만큼 보전해 준다는 거죠?"

진천룡은 솔직하게 대답했다.

"복건성을 영웅문 휘하에 두려는 것이오."

"그런……."

화운빙이 발끈해서 벌떡 일어서려고 하는 바람에 훈용강은 그녀의 손을 놓쳤다.

그 대신 그는 빠르게 그녀의 허벅지를 움켜잡듯이 누르며 전음을 했다.

[앉으시오.]

화운빙은 앉으면서 훈용강을 힐끗 쳐다보았다.

훈용강은 진지한 얼굴로 전음을 했다.

[빙 매가 주군의 말씀을 끝까지 듣는 것은 그리 어려운 일이 아니지 않소?]

화운빙은 다시 진천룡을 쳐다보면서 훈용강의 손을 잡아 옆으로 치웠다.

사사로운 감정에 치우치지 않은 상태에서 진천룡의 말을 듣겠다는 뜻이다.

진천룡은 가볍게 고개를 끄떡였다.

"좌호법의 말을 들어보시오."

화운빙의 시선이 부옥령에게 옮겨지는 것보다 더 빨리 그녀가 입을 열었다.

"취봉문의 목적이 뭐죠?"

"……!"

다짜고짜 불쑥 물으니까 화운빙으로서는 어떻게 대답해야 할지 몰랐다.

밑도 끝도 없이 그렇게 물으면 어느 누구라도 대답하지 못할 것이다.

그걸 짐작하는 부옥령이 북 치고 장구 치고 모두 혼자 다 했다.

"복건성 백성들을 구휼하는 것 아닌가요?"

"맞아요."

부옥령이 콕 찍어주자 화운빙은 고개를 끄떡였다.

부옥령은 냉정한 표정으로 말했다.

"두 가지 방법이 있어요."

"그게 뭐죠?"

"우리가 돈을 주면 취봉문이 그것으로 복건성 백성들을 구제, 구휼하는 거예요."

"또 하나는 뭔가요?"

"취봉문이 아예 손을 떼면 우리가 복건성 백성들을 두루 돌 볼 거예요."

화운빙은 말문이 막혔다. 취봉문이 어디에서 어떻게 손을 떼면 영웅문이 무엇을 어떻게 해서 복건성 백성들을 돌보겠다 는 것인지 갑자기 바보가 된 기분이다.

부옥령은 화운빙이 생각할 틈을 주지 않았다.

"취봉문의 목적이 복건성 백성들을 구제, 구휼하는 것이라면 우리 영웅문이 그걸 해도 무방하겠죠?"

"그… 렇겠지요."

화운빙은 이미 부옥령에게 말려들었다. 그렇다고 해서 부옥 령이 사기를 치려는 것이 아니다.

정곡을 콕콕 찔러서 쓸데없이 말싸움하는 시간을 줄이겠다 는 뜻이다.

"영웅문이 항주를 관할하면서부터 항주와 인근의 백성들 생 활이 어떻게 변화했는지 혹시 들어본 적이 있나요?"

복건성 백성들의 평안과 복지를 위한다는 취봉문에서 그런 걸 모를 리가 없다.

절강성의 도읍인 대도 항주와 복건성의 도읍인 복주는 서로 왕래가 빈번하기 때문에 항주에서 벌어지는 일을 알고 싶지 않아도 저절로 알게 된다.

그에 의하면 반년 전부터 영웅문 지배하에 있는 항주를 비롯한 인근 이백여 리 일대의 거의 모든 백성들이 전대미문의 풍요를 구가하고 있다는 것이다.

그 이유로는 첫째, 영웅문이 상납금이나 그와 비슷한 종류의 돈을 일절 걷지 않을 뿐만 아니라 다른 방파와 문파들에게도 일절 엄금시켰기 때문이다.

둘째, 십엽루의 풍부한 일거리를 밑바닥 백성들에게까지 골고루 나누어준 덕분에 예전에 비해 수입이 크게 늘었다.

셋째, 예전에는 각 방파와 문파들끼리 끝없이 싸움을 했기에 인명과 물자 즉, 금액적인 손실이 엄청나게 컸었다.

그러나 지금은 대부분의 방파와 문파들이 영웅문 휘하에 들어간 덕분에 싸움이 완전히 사라져 버렸다. 즉, 싸움으로 인한 피해가 깡그리 사라진 것이다.

크게 이런 세 가지 이유 덕분에 현재 항주를 비롯한 인근의 방파와 문파, 그리고 백성들은 예전과는 비교할 수 없는 풍요를 누리고 있다는 것이다.

화운빙은 진지한 표정으로 고개를 끄떡였다.

"항주와 인근 백성들의 생활이 예전에 비해 많이 풍족해졌다고 들었어요."

"모두 영웅문 덕분이에요."

분명히 자랑인데도 부옥령의 말은 으쓱거리는 자랑처럼 들리지 않았다.

화운빙은 고개를 끄떡였다.

"인정해요."

부옥령은 조금 전 얘기로 다시 돌아갔다.

"당신 생각은 어떤가요? 우리가 취봉문에 돈을 주는 것과 취봉문이 복건성에서 손을 떼는 것 둘 중에 말이죠."

취봉삼검은 보이지 않는 주먹으로 가슴을 한 대씩 가격당한 표정을 지을 뿐 아무 말도 하지 못했다.

진천룡과 설옥군은 아무 말도 하지 않고 다정하게 술만 마시고 있었다.

어찌 보면 두 사람은 지금 부옥령이 말하고 있는 일에는 조금도 관심이 없는 것 같았다.

부옥령은 술 한 잔을 비우고 나서 매우 여유 있는 모습으로 말을 이었다.

"취봉문 전체 의견이나 문주의 의견이 아닌 당신들의 의견을 묻는 거예요."

화운빙은 슬쩍 훈용강을 쳐다보았다.

훈용강은 온화한 미소를 지으며 가볍게 고개를 끄떡였다.

화운빙이 다시 취봉이검과 삼검을 쳐다보자 그녀들은 엷은 미소를 지으며 고개를 끄떡였다. '우리는 언니 의견과 같아요'라고 말하는 것 같았다.

화운빙은 이윽고 부옥령을 보며 고개를 끄떡였다.

"나는 둘 다 좋아요."

부옥령은 미소를 지었다.

"하나를 고르라면 어떤 거죠?"

화운빙은 미간을 살짝 좁혔다가 대답했다.

"첫 번째, 영웅문이 본문에 상납금을 보전해 주는 쪽이 좋을 거예요."

第百四十三章

취봉후(翠鳳后)

지금은 부옥령이 예리하게 쿡! 하고 찌르듯이 말해야 하는
데 그녀는 그냥 지나가는 말처럼 했다.

　"왜 돈이 필요하죠?"

　"그것은……."

　화운빙은 교활한 성격이 아니다. 아니, 그 반대로 외려 지나
칠 정도로 솔직한 성격이다.

　화운빙이 찔끔하는 표정으로 대답을 하지 못하자 부옥령은
여전히 태연하게 말했다.

　"검황천문에게 상납해야 하기 때문인가요?"

　"……."

화운빙은 화살이 목 정중앙에 꽂힌 것 같은 표정을 지으며 아무 말도 하지 못했다.

부옥령은 빙빙 돌리지 않고 화운빙, 아니, 취봉삼검의 정곡을 정확하게 찔렀다.

취봉문이 복건성 내의 육백여 개 방파와 문파들에게서 상납금을 걷는 또 하나의 이유는 검황천문에게 매월 일정한 금액을 상납해야 하기 때문이다.

예전에 항주의 오룡방이 했던 것과 똑같은 일이다. 오룡방이 돈을 걷어서 상납하지 않았다면 검황천문은 대규모 고수들을 보내서 항주를 비롯한 절강성을 짓밟았을 것이다.

그러니까 오룡방이 검황천문에 상납금을 바친 것은 항주와 절강성의 평화를 위해서였다.

그와 똑같은 일이 복건성에서도 벌어지고 있으며 과거 오룡방의 일을 취봉문이 하고 있는 것이다.

오룡방과 취봉문이 다른 점이 몇 가지 있다면, 오룡방은 사리사욕을 챙기려고 상납금을 과도하게 거두어들였으며, 그러다 보니까 무력을 많이 사용할 수밖에 없었다.

반면에 취봉문은 검황천문으로부터 복건성을 지키기 위하여 최선을 다했다.

어쨌든 취봉문이 검황천문에 매월 거액을 상납한다는 사실은 극비에 속한다.

여북하면 취봉문 내에서도 높은 지위의 몇 사람만 알고 있을 정도겠는가.

그런데 그 놀랍게도 영웅문 좌호법이 그것을 알고 있다. 사실은 천군성 좌호법인 흑봉검신 신분이기도 한 부옥령이 알고 있는 것이다.

취봉삼검은 크게 놀라서 부옥령을 쳐다보았다.

"그걸 어떻게……."

부옥령이 그런 사실을 어떻게 알았는지 따위를 말할 여자가 아니다.

"자, 이제 사실대로 얘기해 봐요. 검황천문에 얼마나 주는 건가요?"

취봉삼검은 서로의 얼굴을 쳐다보고 머뭇거리면서 아무도 선뜻 대답하지 않았다.

진천룡은 상황이 이 정도 무르익었을 때 자신이 나서야겠다고 생각했다.

어떤 점에서는 부옥령보다 진천룡이 더 나을 때가 있는데 지금이 그렇다.

그가 할 수 있는 것을 부옥령은 못 한다. 이를테면 여러 상황을 취합하여 결정을 내리는 일 같은 것이다.

물론 부옥령도 그런 걸 할 수는 있다. 하지만 그릇과 차원이 다르다.

언제부턴가 진천룡은 그런 것을 느꼈다. 부옥령은 참모로서는 최고 수준이지만 결정권자로서는 조금 미흡하다는 사실을 말이다.

취봉문이 복건성 육백여 방파와 문파에서 돈을 얼마나 걷는지, 그리고 검황천문에 얼마나 주는지는 사실 그렇게 중요하지 않다.

그러니까 그런 걸로 취봉삼검을 곤란하게 만들 필요는 없는 것이다. 그녀들은 지금 이 자리에서 어떤 결정을 내릴 입장이 아니다.

진천룡은 조용한 목소리로 말했다.

"가서 문주와 의논해 보시오."

진천룡은 취봉삼검의 시선을 받으며 말을 이었다.

"우리가 취봉문을 검황천문의 마수에서 깨끗이 벗어나게 해 주겠소."

취봉삼검의 안색이 홱 변했다.

진천룡의 말이 이어졌다.

"취봉문이 복건성 육백여 방파와 문파들에게서 매월 상납금을 받는 이유가 검황천문에 상납하기 위해서라는 사실을 잘 알고 있소."

취봉삼검은 착잡한 표정을 감추지 못하고 꿀 먹은 벙어리처럼 묵묵히 앉아 있었다.

진천룡은 다 안다는 듯 고개를 끄떡였다.

"짐작하건대 원래 취봉문은 검황천문이 복건성을 짓밟으려는 것을 알게 되어 수습에 나섰다가 돈을 상납하게 된 것이 아니었소?"

취봉삼검은 화들짝 놀라더니 뒤이어서 그걸 어떻게 알고 있느냐는 듯한 표정을 지었다.

부옥령도 놀라는 표정으로 진천룡을 쳐다보았다. 그녀도 거기까지는 짐작하지 못했었다.

진천룡은 잔잔히 미소 지었다.

"그러다 보니까 시나브로 취봉문은 검황천문의 복건지부가 돼버린 것이오."

화운빙이 볼멘 표정으로 말했다.

"본문은 검황천문의 지부가 아니에요."

진천룡은 다 안다는 듯 고개를 끄떡였다.

"정식으로 임명하지는 않았을 것이오. 하지만 검황천문이 시키는 것은 다 할 것이오. 그게 바로 취봉문이 검황천문의 지부라는 얘기요. 내 말이 틀렸소?"

진천룡이 다 알고 하는 말 같아서 취봉삼검은 착잡한 표정으로 입을 굳게 다물고 있었다.

"어쨌든……."

진천룡이 운을 떼자 다들 그를 주시했다.

"나는 복건성을 절강성처럼 만들 것이오. 검황천문이 제멋대로 휘젓지 못하게 말이오."

취봉삼검은 눈도 깜빡이지 않고 진천룡을 주시했다.

"취봉문은, 아니, 복건성의 모든 방파와 문파들은 세 가지를 선택할 수 있소."

순간 취봉삼검은 저절로 몸이 단단하게 굳어지고 머리끝이
쭈뼛거렸다.

"나와 뜻을 같이하든가, 나와 싸우든가, 아니면 봉문하는 것
이오."

"……!"

취봉삼검은 보이지 않는 압력이 온몸을 짓누르는 것을 느끼
면서 입안이 바싹 말랐다.

영웅문 휘하로 들어가든가, 영웅문과 싸우든가, 이도 저도
아니면 문파를 봉문하라는 것이다.

진천룡의 목소리는 정중했지만 내용은 강력했다.

취봉삼검이 떠날 때 화운빙은 훈용강에게 살짝 전음을 보
내 밖으로 불러냈다.

[따라와요.]

화운빙은 아래층으로 훈용강을 데리고 내려갔다.

계단을 내려갈 때 화운빙은 일부러 뒤처져서 훈용강과 나란
히 걸으며 살짝 그의 손을 잡았다.

[이제 어떻게 하죠?]

그녀가 손을 잡자 훈용강은 다정하게 미소 지었다.

[믿고 따르시오. 그러면 되오.]

화운빙은 그를 살짝 흘겼다.

[그럴게요.]

화운빙은 자신과 훈용강 두 사람에게 있었던 일을 얘기하는 것이고, 훈용강은 그녀가 취봉문의 거취에 대해서 말하는 것이라고 오해를 하고 있다.

화운빙의 눈빛이 고혹적으로 물들었다.

[이따 만날 수 있어요?]

그제야 훈용강은 그녀가 자신들 둘에 대해서 말하고 있다는 사실을 깨닫고 가볍게 어이없는 표정을 지었다.

그는 눈을 내리깔고 얼굴에 살짝 홍조를 띤 화운빙이 아름답다는 생각이 문득 들었다.

그러면서 예전에 그랬던 것처럼 은근히 장난기가 발동했다.

슥!

그는 화운빙의 손을 잡고 이 층 어느 문이 열려 있는 방으로 들어가 문을 닫았다.

"왜……."

어두컴컴한 방의 벽에 그녀를 밀어붙이고 바싹 몸을 밀착시킨 훈용강은 손가락을 세워 그녀의 입술에 댔다. 말하지 말라는 뜻이다.

화운빙은 심장이 미친 듯이 두근거리고 호흡이 가빠지며 얼굴이 화끈거렸다.

훈용강은 화운빙이 취봉문에서 영향력이 세기 때문에 어떻게 하든지 그녀를 구워삶아서 자기 편으로 만들려는 목적이다.

진천룡은 취봉문이 선택할 것이 세 가지라고 했지만, 영웅문이나 취봉문 둘 다에게 최선의 선택은 누가 뭐래도 첫 번째인 취봉문이 영웅문 휘하에 들어오는 것이다.

그래야지만 서로에게 피해가 없으며 영웅문으로서도 힘을 낭비하지 않게 된다.

훈용강은 온몸으로 화운빙을 지그시 밀어붙이면서 고개를 숙여 얼굴을 그녀 얼굴 가까이 가져갔다.

"빙 매가 문주를 움직일 수 있어?"

"어떻게……."

화운빙은 이런 경우가 난생처음이라서 어떻게 할 줄 모르고 눈을 내리깔며 겨우 말했다.

훈용강은 화운빙에게 예전처럼 염안력을 사용해서 조종을 하면 간단하지만 그러지 않았다.

진천룡이 그런 짓을 하지 못하게 명령을 한 것도 아니고 누가 그를 손가락질하는 것도 아니다.

다만 훈용강 본인이 염안력을 사용하고 싶지 않은 것이다. 그는 더 이상 사파인이 아니라 정의와 의협을 지향하는 영웅문의 장로이기 때문이다.

그는 화운빙이 자신을 좋아하고 있음을 간파했기에 그것을 이용해 보기로 마음먹었다.

염안력을 사용하는 것이나 상대의 진심을 이용하는 것이나 둘 다 나쁜 짓이라는 사실을 깨닫기에는 훈용강은 아직 정파

초년생이라고 할 수 있다.

훈용강의 입술과 화운빙의 입술이 닿을 듯 말 듯 할 정도로 가까워졌다.

"취봉문이 영웅문 밑으로 들어와야 해."

"아……."

훈용강의 뜨거운 입김이 뿜어지자 화운빙은 아무 생각도 할 수 없게 되었다.

"그러지 않으면 취봉문은 멸문할 거야."

"그… 런가요?"

훈용강은 미처 모르고 있지만 그의 하체가 화운빙의 하체를 지그시 밀어붙이고 있다.

그는 어떻게 화운빙을 설득시킬 것인가에 대해서만 고심하고 있어서 그렇다.

화운빙은 이십 년도 넘은 아득한 어린 시절 십팔 세 때 사랑하는 정인이 있었다.

그 사람과 뜨거운 밤을 보낸 적이 대여섯 번 있었고 그 이후 집안의 반대로 그와 헤어졌었다.

그때의 충격 때문에 그녀는 아미파 속가제자로 입문했으며 아미파를 나온 이후 지금까지 이십사 년 동안 어떤 남자도 사랑해 본 적이 없었다.

아미파 속가제자는 본문제자하고는 달리 혼인을 하고 자식을 낳아서 기를 수도 있다.

그랬는데 일 년 반 전에 그녀는 훈용강에게 겁탈을 당했다가 오늘에 이른 것이다.

훈용강은 막상 화운빙을 이용하기로 작정하고 그녀를 밀어붙이자 이 흥미로운 장난에 점점 심취하기 시작한 자신을 미처 깨닫지 못했다.

"빙 매, 무슨 일이 있어도 문주를 설득해."

"아아……"

"대답해."

"하아… 알았어요……"

훈용강의 입술이 화운빙의 입술에 닿자 그녀는 자지러질 것 같은 신음을 터뜨리더니 어미의 젖을 원하는 아가처럼 입을 벌렸다.

그리고 입술이 포개지고 그녀의 혀가 송두리째 훈용강의 입 속으로 빨려들었다.

"으음……"

화운빙은 눈을 꼭 감고 몸을 바르르 떨면서 두 팔로 훈용강의 허리를 힘껏 끌어안았다.

훈용강은 몸을 더욱 힘차게 밀어붙이면서 손을 뒤로 뻗어 그녀의 엉덩이를 쓰다듬었다.

바로 그때 부옥령의 전음이 훈용강의 머릿속에서 범종처럼 커다랗게 울렸다.

[용강! 당장 그만두지 않을 거냐?]

'으악!'

훈용강은 비명을 지르면서 화운빙에게서 떨어졌다.

진천룡 일행은 안영루주의 거처로 자리를 옮겼다.

안영루 후원에 몇 채의 건물들이 있는데 그중 한 채에 진천룡 일행이 숙소를 마련했다.

진천룡과 설옥군, 부옥령 세 사람은 이 층 노대(露臺:발코니)에 나란히 앉아 있으며 노대 아래로는 어둠 속에서 민강이 유유히 흐르고 있다.

세 사람 앞의 탁자에는 술과 요리가 차려져 있지만 술을 충분히 마신 그들은 푹신한 의자에 깊숙이 몸을 묻고 고개를 뒤로 젖힌 채 밤하늘을 올려다보고 있다.

진천룡이 가운데 앉고 왼쪽에 부옥령이, 오른쪽에 설옥군이 앉아 있다.

진천룡과 설옥군은 밤하늘에 은모래처럼 깔린 은하수를 바라보고 있지만 부옥령은 진천룡의 옆얼굴을 보고 있다.

진천룡과 설옥군은 손을 꼭 잡고 있다.

물론 부옥령도 진천룡의 왼손을 꼭 잡고 있다. 그녀가 이런 상황을 그냥 넘어갈 리가 없다.

다른 게 있다면 조금 전에 진천룡이 손을 뻗어 설옥군의 손을 잡았으며, 그걸 보고 부옥령이 손을 뻗어 그의 손을 잡았다는 사실이다.

나란히 앉아 있으므로 설옥군이 상체를 일으켜서 돌아보지 않는 한 부옥령이 진천룡의 손을 잡고 있다는 사실은 발각될 리가 없다.

그러나 설사 발각된다고 해도 설옥군은 그런 걸 갖고 부옥령을 꾸짖지 않는다.

            *   *   *

"천룡."

설옥군이 그윽한 목소리로 진천룡을 불렀다.

"말하십시오."

"우리 여행해요."

설옥군의 목소리가 자늑자늑 그윽하게 진천룡의 가슴으로 스며들었다.

밤하늘을 보고 있던 그는 뜻밖이라는 표정을 지으며 설옥군을 쳐다보았다.

설옥군의 옆모습은 천하의 그 무엇과도 비교할 수 없을 만큼 아름다웠다.

진천룡은 홀린 듯이 말했다.

"여행하고 싶습니까?"

"네."

"어디를 가고 싶습니까?"

설옥군은 살짝 미소를 지었다.

"어디라도 상관없어요. 경치 좋은 곳을 이곳저곳 돌아다니면서 구경하고 싶어요."

부옥령은 귀를 바짝 세우고 두 사람의 대화를 들었다.

진천룡은 설옥군과 여행을 한다는 생각에 콧노래가 절로 나올 만큼 기분이 좋아졌다.

"갑시다. 어디라도 좋습니다."

설옥군은 시선을 다시 밤하늘에 주고 마치 시를 읊조리는 것처럼 말했다.

"절강성이 좋겠어요."

진천룡은 뜻밖이라는 표정을 지었다.

"어째서 절강성입니까?"

그녀가 여행을 하고 싶다고 해서 그는 절강성을 벗어나 멀리 떠나는 생각을 했었다.

"영웅문은 아직 절강성을 온전하게 장악하지 못했어요. 그러니까 절강성 구석구석을 여행하면서 각지의 방파와 문파들을 일일이 방문하는 거예요."

"아……."

진천룡은 설옥군의 깊은 뜻을 깨달았다.

"그러니까 옥군은 나더러 절강성을 확실하게 장악하라는 거로군요?"

설옥군은 방그레 미소 지었다.

"도랑 치고 가재 잡자는 거예요."

즐겁게 여행을 하면서 절강성의 각 지역 방파와 문파들을 확실하게 굴복시키자는 뜻이다.

"인원은 몇 명이 좋겠습니까?"

"소수가 좋겠지요."

"우리 둘이 가면 어떻겠습니까?"

"괜찮아요."

부옥령이 불쑥 끼었다.

"셋이에요."

진천룡과 설옥군은 아무 말도 하지 않았다.

상체를 뒤로 젖히고 의자에 푹 파묻히듯이 앉아 있던 부옥령은 앞으로 상체를 세우고 두 사람을 쳐다보았다.

"왜 아무 말도 하지 않는 거죠?"

두 사람은 눈을 감고 있으며 설옥군은 가만히 있는데 진천룡은 가늘게 코까지 골았다.

"드르렁……."

부옥령은 두 사람이 자지 않고 있다는 것을 뻔히 알고 있다. 그리고 그들이 이런 행동을 하는 것은 부옥령더러 따라오지 말라는 명백한 경고다.

취봉삼검의 얘기를 다 듣고 난 취봉후(翠鳳后)는 매우 심각한 표정을 지었다.

"어떻게 하면 좋을까요?"

취봉후는 취봉문의 문주가 된 지 이 년밖에 되지 않은 이십삼 세의 젊은 여문주였다.

아미파가 개파한 이래 열 손가락 안에 꼽히는 뛰어난 고수이며 장문인이 몹시 아낀 애제자라고 한다.

장문인은 그녀가 불가에 귀의하여 다음 대 아미파 장문인이 되어주기를 원했으나 그것보다는 그녀가 취봉문주가 되기를 원하는 부모의 바람이 더 컸었다.

당연한 일이지만 그녀의 모친이 전대 취봉문주였었다.

모친은 새로운 무공을 연마하다가 주화입마에 걸려서 반신마비 상태가 됐다.

하지만 그것은 바깥세상에 알려진 소문일 뿐이다. 실제로는 검황천문의 협박에 불복했다가 벌을 받아서 특수한 점혈수법에 제압된 것이다.

그래서 사십오 세 젊은 나이에 문주의 자리를 딸에게 물려줄 수밖에 없었던 것이다.

취봉일검 화운빙은 씁쓸한 표정을 지었다.

"영웅문이 제시한 조건들이 좋기는 하지만 태상문주님 때문에 불가능하오."

그 말에 다들 침중한 얼굴로 고개를 끄떡였다.

취봉문은 검황천문이 요구하는 대로 지난 이 년 동안 꼬박꼬박 상납금을 바쳐왔다.

그 이유는 순전히 전대 문주의 금제(禁制) 때문이다. 검황천문의 요구를 고분고분 잘 들으면 언젠가는 전대 문주의 금제를 풀어주겠다고 약속했기 때문이다.

불가인 아미파 속가제자들로 이루어진 취봉문이 복건성의 전체 방파와 문파들에게서 강제적으로 매월 일정한 금액을 상납받는 것 자체가 있을 수 없는 일이다.

일 년여 전에 그 사실이 아미파에 알려져서 아미파 장로가 취봉문에 급파된 적이 있었다.

하지만 실상을 알게 된 아미파 장로는 아무런 조치도 취하지 못한 채 아미파로 돌아갈 수밖에 없었다.

제아무리 구대문파의 하나인 아미파라고 해도 취봉문을 협박한 상대가 남천 검황천문이라면 어떻게 해볼 방법이 없는 것이다.

현재 복건성 전체의 분위기는 몹시 흉흉한 편이다. 천하의 어느 방파나 문파가 매월 거액을 강제로 상납하면서 기분이 좋을 리가 있겠는가.

방파나 문파의 규모에 따라서 상납금이 다르지만 평균적으로 한 방파나 문파당 매월 은자 만 냥을 내고 있다.

방파, 문파가 크든 작든 은자 만 냥은 큰 금액이다. 상납금을 마련하려고 복건성 내 육백여 개 방파와 문파들이 생난리를 치르고 있다.

이 년여 전만 해도 복건성 내 방파와 문파의 수가 구백여 개에 달했었지만 이 년여가 흐르는 동안 삼백여 개의 문파가 문을 닫고 말았다.

그러므로 취봉문에 대한 원성은 하늘을 찌르고 있었다. 취봉문이 겉으로는 정파입네 하면서 복건성 내 방파와 문파들의 고혈을 짜내고 있었기 때문이다.

그렇지만 취봉문은 검황천문에 엄청난 액수의 상납금을 바치고 있다는 사실을 발설하지 않았다.

검황천문이 발설하지 말라고 했으며 취봉문으로서도 구태여 발설하고 싶지 않았다.

그래 봐야 이득 되는 것은 없으며 민심만 더욱 흉흉해질 것이기 때문이다.

취봉후 소가연(蘇佳連)은 고개를 가로저었다.

"이런 천재일우의 기회를 저버리는 것은 너무 아쉬워요. 좀 더 생각을 해봐요."

취봉이검 조임(趙淋)이 착잡한 표정으로 말했다.

"태상문주님 때문에 안 돼요. 생각하나 마나예요."

소가연은 진중한 표정으로 아미를 살짝 찌푸렸다.

"내게 어머니는 그 무엇보다도 소중해요. 하지만 어머니 한 분 때문에 수십만 명이 고통을 당하고 있는 것은 공평하지 않아요."

너무도 솔직하고 또 사실이라서 취봉삼검은 아무 말도 하지 못했다.

"그래서 괴로워요."

소가연은 화운빙에게 물었다.

"영웅문에 대한 소문이 사실인가요?"

화운빙은 고개를 끄떡였다.

"절대검황에 대한 것 말이오?"

"그걸 포함해서 전부 다 말이에요."

"검황천문이 영웅문을 괴멸시키려고 여러 번에 걸쳐서 수천 명의 고수들을 항주로 보냈지만 대부분 몰살당했다는 것, 그리고 남창 조양문에서 영웅문주 전광신수 등이 절대검황과 그의 사부 금혈마황에게 죽음 직전까지 이르는 중상을 입혔으며 사모인 요천여황의 머리를 박살 내서 죽였다는 소문은 사실로 밝혀졌소."

소가연은 적잖이 감탄했다.

"굉장하지 않은가요?"

화운빙은 고개를 끄떡였다.

"굉장한 정도가 아니오."

"검황천문 태문주인 절대검황과 전설적인 초절고수 금혈마황, 요천여황을 그 지경으로 만들다니, 도대체 영웅삼신수는 어째서 그렇게 강한 거죠?"

화운빙과 취봉이검, 삼검은 아까 직접 봤던 영웅삼신수에 대해서 잠시 생각했다.

"남창 조양문을 영웅문 남창지부로 삼았다면서요?"

"그렇소."

"또한 남창을 중심으로 강서성의 수십 개 방파와 문파들이 자진해서 영웅문 휘하에 들어갔다던데요?"

"확인해 본 결과 그것도 맞았소."

"그 이후에 검황천문이 남창을 집적거렸나요?"

화운빙은 고개를 가로저었다.

"그러지 않았소. 검황천문은 항주와 남창에 대해서 일절 침묵을 지키고 있소."

소가연은 감탄하는 표정으로 말했다.

"검황천문이 영웅문을 두려워하고 있는 거예요."

화운빙은 고개를 끄떡였다.

"믿어지지 않지만 현실이 그렇소."

소가연은 잠시 생각하다가 말했다.

"소도 언덕을 보고 등을 비빈다고 했어요. 우리에게 영웅문은 큰 언덕일 수 있어요."

"그렇지만 태상문주님이……."

소가연은 입술을 잘근잘근 깨물었다.

"나는 어머니 한 사람보다 복건성의 육백여 개 방파와 문파의 평화와 안녕이 훨씬 중요하다고 생각해요."

"그건 그렇지만……."

소가연의 말이 백번 옳다. 하지만 자식 된 입장에서 그런 말을 하기가 쉽지 않은 것이다.

소가연이 화운빙에게 물었다.

"그들은 지금 어디에 있나요?"

"성 내 안영루에서 묵는다고 했소."

"지금 만날 수 있나요?"

화운빙은 조금 놀라는 표정을 지었다.

"해시(亥時:밤 10시경)가 넘었소."

"그게 중요한가요?"

"그들이 잘 수도 있소."

"그러면 깨워야죠."

소가연은 일어나면서 재촉했다.

"누가 나를 안내할 건가요?"

술이 적당하게 취한 진천룡과 설옥군은 한 침상에서 서로 꼭 안고 잠이 들었다.

이 두 사람은 예전부터 술에 취하면 서로 안고 자는 버릇이 있었지만 요즘 들어서는 술에 취하지 않아도 곧잘 한 침상에서 둘이 껴안고 자곤 했다.

그렇다고 해서 진천룡이 설옥군을 더듬는다거나 엉큼한 짓을 하진 않는다.

그가 그런 짓을 했다면 설옥군은 절대로 그와 한 침상에서 자려고 하지 않았을 것이다.

두 사람이 자는 자세는 늘 동일했다. 진천룡이 천장을 보고 똑바로 누우면 설옥군은 오른쪽에서 그의 팔을 베고 그를 보는 자세로 팔을 가슴에 얹었다.

두 사람이 한창 곤히 잠들었을 때 부옥령이 슬그머니 들어와서 진천룡 왼쪽에 살그머니 누웠다.

곤히 잠들었다고 해도 그걸 모를 진천룡과 설옥군이 아니지만 그냥 내버려 두었다.

설옥군은 측근들이 보고 이상하게 생각할 정도로 부옥령에 대해서는 질투를 하지 않았다.

부옥령의 실제 나이가 사십오 세라는 사실을 알기 때문인지 아니면 그녀를 가족처럼 여겨서인지 모르지만 여하튼 설옥군도 그렇고 진천룡도 그녀를 여자로 보지 않았다.

부옥령은 진천룡의 왼쪽에서 그를 보고 누운 채 그의 왼팔을 슬그머니 펴더니 팔베개를 했다.

그러고는 그의 가슴에 손을 얹다가 설옥군의 손에 닿자 슬쩍 옆으로 비켰다.

그렇게 하고서야 그녀는 입가에 만족한 미소를 지으며 잠이 들었다.

척!

청랑이 문을 열고 들어왔다.

"주인님."

진천룡은 누운 채 눈을 뜨지도 않고 물었다.

"뭐냐?"

"취봉문주가 주인님을 뵙자고 해요."

"알았다."

진천룡은 자신의 가슴에 손을 얹은 채 자고 있는 설옥군을 보며 빙그레 미소 지었다.

그는 일어나기 전에 설옥군을 한 번 살며시 안아주려고 그녀 쪽으로 몸을 돌렸다.

"……!"

아니, 돌리려는데 부옥령이 그러지 못하게 그의 가슴에 얹은 손에 지그시 힘을 주었다.

진천룡은 쳐다보지도 않고 발을 들어 부옥령의 옆구리를 확! 밀어버렸다.

"왁!"

쿠당탕!

부옥령이 침상 아래에 나뒹굴며 비명을 지를 때 진천룡은 설옥군을 향해 돌아누워 그녀를 가만히 안았다.

그러자 설옥군도 두 손을 그의 등 뒤로 돌려서 부드럽게 마주 안았다.

진천룡은 설옥군의 뺨에 살짝 입술을 댔다가 침상에서 내려와 옷을 입었다.

그때 부스럭거리면서 부옥령이 일어나 저도 주섬주섬 옷을 입었다.

"더 자라."

진천룡의 말에 부옥령은 입술을 삐죽거렸다.

"아들 혼자 보내놓고 어미 마음이 편하겠어요?"

먼저 옷을 입은 부옥령은 진천룡이 옷을 입는 것을 도와주었다.

척!

청랑이 열어준 문으로 진천룡과 부옥령이 들어섰다.

실내에는 소가연과 화운빙이 앉아 있다가 벌떡 일어섰다.

진천룡은 두 여자에게 포권을 해보이며 의젓하게 말했다.

"진천룡이오."

第百四十四章

소가연(蘇佳蓮)

화운빙이 소가연을 소개했다.

"본문의 문주시오."

대영웅문의 문주이며 절강성의 절대자인 진천룡과 복건성을 대표하는 세 사람 중 한 명인 소가연의 만남이다.

소가연이 포권하면서 다소곳이 고개를 숙였다.

"소가연이에요."

그녀는 거만을 떨거나 자존심을 내세우지 않았다.

진천룡은 의자를 가리키며 앉으라는 손짓을 했다.

"좋은 소식이기를 바라오."

소가연은 진천룡의 준수함과 당당함, 그리고 부옥령의 천하절색 미모에 조금 압도된 듯한 표정을 지었다.

원래 소가연은 자존감이 대단한 여자인데 이 자리에서는 그러지 못했다.

원래 자존감이라는 것은 이성적인 것이라서 정신이 있어야지만 내세울 수 있다.

지금 소가연은 진천룡의 준수함과 부옥령의 미모에 압도되어 정신이 흐트러진 상태다.

그녀는 어째서 화운빙이 이런 얘기를 미리 해주지 않았는지 살짝 원망스러웠다.

그러나 화운빙은 먼저 묻지 않는 것에 대해서는 먼저 말해주지 않는 성격이다.

특히 누가 잘생겼으며 매우 예쁘다는 식의 사사로운 일은 더욱 그렇다.

진천룡은 부옥령과 나란히 앉아서 맞은편의 소가연을 묵묵히 응시했다.

소가연은 무위가 뛰어나고 정의와 의협으로 똘똘 뭉친 여걸이지만 무림의 경험이 거의 없다는 단점이 있다.

아미파에서 연마를 하는 도중에 곧바로 취봉문의 문주가 되었기 때문이다.

화운빙이 소가연에게 정중히 말했다.

"문주의 의중을 말씀해 보시오."

"아……."

소가연은 그제야 사람들이 자신의 말을 기다리고 있다는 사실을 깨달았다.

그녀는 진천룡을 한번 보고는 사붓이 말문을 열었다.

"영웅문이 우리에게 내건 조건은 다 좋아요. 저는 그 조건을 받아들이고 싶어요."

진천룡은 팔짱을 끼고 넌지시 물었다.

"어떤 조건이오?"

부옥령이 제시했던 조건은 하나가 아니었다.

"영웅문이 검황천문을 막아주면 본문은 복건성의 방파와 문파들에게서 상납금을 걷지 않겠어요."

진천룡은 흡족하게 고개를 끄떡였다.

"그렇게 하시오."

화운빙이 거들었다.

"그것으로는 부족해요."

소가연은 의아한 얼굴로 화운빙을 쳐다보았다.

"또 뭐가 있나요?"

화운빙은 단단한 표정으로 검지와 중지 두 손가락을 꼿꼿하게 세워서 폈다.

"두 가지를 관철해야 하오."

소가연은 적잖이 놀랐다. 하나도 아니고 두 가지씩이나 뭘 관철한다는 말인가.

화운빙은 소가연에게 말했다.

"첫째, 본문은 영웅문의 복주지부가 되어야 하오."

소가연은 커다랗고 흑백이 또렷한 눈을 깜빡거렸다.

"왜 그래야 하죠?"

"산적이 마을에 쳐들어왔는데 문주 같으면 내 식구를 보호하겠소? 아니면 이웃 사람들을 보호하겠소?"

"그건……."

화운빙의 말인즉, 취봉문이 영웅문의 지부가 되면 내 식구지만 그렇지 않으면 이웃이라는 뜻이다. 그 말뜻을 알아듣지 못할 소가연이 아니다.

소가연은 자신 없이 작게 항의했다.

"영웅문이 우릴 지켜주지 않을 거라는 뜻인가요?"

"본문이 영웅문의 복주지부가 됐을 경우에 검황천문이 공격하면 영웅문은 복주지부부터 챙기려고 하겠지만 그렇지 않을 경우에는 복건성 전체를 지키려고 할 것이오. 그 차이는 매우 크오."

"아… 그런……."

소가연은 화운빙의 말이 맞느냐는 표정을 지으며 진천룡을 바라보았다.

진천룡은 팔짱을 낀 채 잠시 생각하다가 입을 열었다.

"거기까지는 생각해 보지 않았는데 지금 생각해 보니까 그 말이 맞을 것 같소."

"그런가요?"

"집에 불이 났고 내게 몇 명만 구할 수 있는 여력이 있다면 식구를 챙길 것이오."

소가연은 씁쓸한 표정으로 고개를 끄떡였다.

"그렇군요."

화운빙이 두 번째 조건을 피력했다.

"두 번째 조건은 영웅문이 반드시 들어줘야 하오."

"말해보시오."

"본문이 어째서 검황천문의 요구대로 상납금을 바치게 되었는지 아오?"

"말해주시오."

화운빙이 설명을 하는 동안 소가연은 착잡한 표정으로 침묵을 지켰다.

소가연은 검황천문의 특수한 점혈수법에 제압되어 전신이 마비된 모친을 잊고 있는 것이 아니다.

모친 한 사람을 보호하기 위해서 치르는 대가가 너무도 크기 때문에 모친을 포기하기로 결심한 소가연이다.

모친 한 사람을 포기하면 복건성 육백여, 아니, 이미 문을 닫은 곳까지 구백여 방파와 문파들이 소생할 수가 있다.

모친을 사랑하지 않아서가 아니다. 그녀보다는 대의(大義)가 훨씬 더 크기 때문이었다.

화운빙은 설명의 끝을 맺었다.

"본문 태상문주의 점혈을 풀 수 있도록 도와주시오."

"어떻게 말이오?"

"태상문주께서 제압된 특수 점혈수법을 알아내 주시오."

"알겠소."

진천룡이 너무 순순히 대답하니까 소가연과 화운빙은 못 미더운 표정을 지었다.

그러자 부옥령이 조금 거드름을 피우며 두 손으로 떠받들듯이 진천룡을 가리켰다.

"주군께선 의술에 밝으시오."

진천룡은 손을 내저으며 웃었다.

"하하하! 밝은 건 아니오!"

소가연과 화운빙 얼굴에 씁쓸함이 잔물결처럼 떠올랐다.

소가연이나 화운빙이 태상문주의 점혈수법을 풀려고 얼마나 발악을 했었겠는가.

그녀들이 취할 수 있는 모든 방법을 써봤지만 태상문주의 점혈수법은 결코 풀리지 않았었다.

그런데 의술을 조금 할 줄 아는 정도인 진천룡이 태상문주의 점혈을 해혈할 수 있을 것이라고는 반 푼어치도 기대하지 않았다.

진천룡이 검지를 세우며 조용히 말했다.

"그럼 하나씩 해결합시다. 나는 취봉문을 영웅문의 복주지부로 받아들이겠소."

그는 소가연을 쳐다보며 의향을 묻는 듯한 표정을 지었다.

"어떻소?"

소가연의 얼굴이 복잡해졌다. 이백여 년의 전통을 지닌 취봉문이 한순간에 타 문파 휘하로 들어가는 일은 쉽사리 결정할 일이 아닌 것이다.

그러나 아무리 생각해 봐도 어쩔 도리가 없다. 검황천문의 요구를 거절한 이후에 취봉문이 살아남으려면 신흥 강자인 영웅문의 보호가 절실하게 필요하다.

무림이란 철저히 약육강식의 냉혹한 세계다. 취봉문 정도의 문파는 여차하는 순간에 사라져 버릴 수 있다.

취봉문이 복건성 전체 방파와 문파들에게서 상납금을 거둔 것이 이 년이지만 그사이에 삼백여 방파와 문파들이 자멸하여 사라져 간 것만 봐도 무림이 얼마나 비정한 세계인지 알 수 있을 것이다.

지금 진천룡은 빙그레 미소 지으면서 어떻느냐고 묻고 있지만 그게 소가연의 의중을 떠보는 것이 아니다.

취봉문이 영웅문의 복주지부가 될 것인지 말 것인지 결정을 하라는 뜻이다.

후회가 들었다. 그때 그 결정을 내리지 말았어야 했다. 검황천문이 어머니를 전신마비로 만들어놓고서 매월 상납금을 바치라고 했을 때 과감하게 거절했어야만 했었다.

그때 거절하지 못했기에 일이 점점 커져서 지금 이 지경이 돼버리고 만 것이다.

그 당시에 검황천문의 요구를 거절했으면 그들이 취봉문을 공격하여 멸문시켰을지도 모른다. 아니, 당연히 그렇게 했을 것이다. 그러고도 남을 자들이다.

그래도 그렇게 했어야만 했다. 취봉문 하나 멸문하는 것으로 끝냈어야 하는데 그때 내린 잘못된 결정 때문에 얼마나 많은 사람들이 고통을 겪고 있느냐는 말이다.

소가연은 꽉 잠긴 목소리로 중얼거리듯 대답했다.

"하겠어요."

아무 말도 하기 싫다. 이백여 년 전통을 이어온 골수 정통 정파지문인 취봉문이 소가연 대에 이르러서 남의 수하가 돼버리는 판국에 뭐가 좋다고 지지배배 떠든다는 말인가.

부옥령이 고삐를 죄었다.

"뭘 하겠다는 건가요?"

소가연은 문득 비참함을 느꼈다. 진흙탕에 얼굴을 묻고 엎어진 자신의 뒤통수를 부옥령이 짓밟는 것 같았다.

"본문은 영웅문의 복주지부가 되겠어요."

목소리가 떨리거나 쥐어짜는 듯할 것 같았는데 의외로 차분하고 맑다는 사실에 소가연은 의아함을 느꼈다.

슥!

진천룡이 일어섰다.

"갑시다."

"어디를……."

부옥령이 냉랭하게 꾸짖듯 말했다.

"어디긴 어디냐? 네 어미를 보러 가는 거지!"

"……!"

부옥령의 돌변한 태도에 소가연은 멍한 표정을 지었다.

하지만 화운빙은 부옥령이 왜 그러는지 짐작했다. 취봉문이 영웅문의 복주지부가 됐기 때문에 영웅문 좌호법인 부옥령이 봤을 때 복주지부주인 소가연은 까마득한 수하인 것이다.

소가연은 착잡한 표정을 지었다.

"이 밤중에 어머니를 뵈러 간다고요?"

진천룡과 부옥령 둘 다 어이없다는 표정을 지으며 소가연을 쳐다보았다.

부옥령이 따끔하게 일침을 놓았다.

"아까 네가 찾아온 것도 한밤중이었다. 우린 곤히 잠들어 있었지."

"……!"

소가연은 뭐라고 대꾸할 말이 생각나지 않았다. 하지만 자꾸만 자신의 치부가 들춰지는 기분을 떨쳐내지 못했다.

소가연은 자정이 넘은 시각에 모친의 방에 가본 적이 한 번도 없었다.

"태상문주께선 낮과 밤의 구분이 없소. 낮에 주무실 때가 많고 밤에는 거의 깨어 있소."

화운빙의 그 말이 그나마 소가연에게 위안이 되었다.

남자는 단 한 명도 없는 취봉문을 진천룡은 거침없이 활보하여 후원의 별채로 향했다.

태상문주 한하려(韓霞麗)가 기거하는 별채 입구에는 두 명의 취봉검수가 지키고 있었다.

이십 대와 삼십 대의 두 여검수는 자정이 넘은 시각에 들이닥친 문주와 장로를 보고 바짝 긴장했다.

거기에 자신들보다 머리 두 개쯤은 키가 큰 진천룡을 보고는 어리둥절했다.

"문주……! 어인 일이십니까?"

모친 한하려를 상시 돌보고 있는 여자 의원이 자다가 말고 당황한 모습으로 달려왔다.

"어머니를 보러 왔어요."

여의원의 얼굴에 착잡함이 떠올랐다.

"욕창(褥瘡)이 심하십니다."

움직이지 못하는 환자가 한쪽 방향으로 오래 누워 있으면 살이 짓물리게 되는데 그것을 욕창이라고 한다.

"어떤가요?"

소가연의 물음에 여의원은 울 것 같은 표정을 지었다.

"얼굴만 빼고 온몸이 다 욕창이라고 보시면 됩니다."

화운빙이 싸늘한 표정으로 중얼거렸다.

"검황천문이 수작을 부린 것 같소. 아무리 불치병으로 누워 있다고 해도 욕창이 이렇게 심하진 않소."

소가연도 화운빙의 말에 동감하고 있다. 그렇지만 어쩔 도리가 없다.

여의원은 진천룡을 자꾸 힐끗거렸지만 감히 누구냐고 묻지는 못했다.

태상문주 한하려는 역시 깨어 있었다.

"으음… 으응……."

옆으로 뉘어놨는데 나직하면서도 고통이 진득하게 배어 있는 신음 소리를 내고 있었다.

점혈수법에 제압된 것 자체만으로도 고통스러운데, 온몸이 욕창으로 짓물러 터지고 헐어서 피고름이 줄줄 흐르고 있으니 얼마나 고통스럽겠는가.

진천룡이 침상 가까이 다가가자 지독한 악취가 물씬 풍겨와서 자신도 모르게 미간을 찌푸렸다.

등 쪽을 보이고 있는 한하려는 너무 고통스러워서 누가 왔는지 관심도 보이지 않고 신음만 흘렸다.

소가연은 가슴이 갈가리 찢어지는 듯한 심적 고통을 느끼면서 진천룡을 착잡하게 바라보았다.

그녀는 그가 모친을 고칠 수 있을 거라고는 눈곱만큼도 믿지 않았다.

부옥령이 한하려를 대충 보더니 조용히 말했다.

"환자의 옷을 모두 벗겨라."

소가연과 화운빙, 여의원이 놀라서 부옥령을 쳐다보았다.

부옥령은 대수롭지 않게 말했다.

"주군께서 치료하시려면 그래야 한다. 욕창 부위를 직접 쓰다듬어야 하기 때문이다."

부옥령은 진천룡이 치료하는 광경을 하도 많이 봐서 이제 한 번 척 보면 어떤 상황인지 다 안다.

                    *   *   *

화운빙은 만면 가득 어이없는 표정을 떠올렸다.

"그런 방법으로 욕창을 치료한다는 말은 들어본 적도 없소. 대체 무슨 짓을 하려는 것이오?"

부옥령이 화운빙을 차갑게 꾸짖었다.

"너는 나서지 마라."

"왜 나서지 말라는 것이오?"

"네가 나설 자리가 아니다."

화운빙은 미간을 찌푸리며 언성을 높였다.

"나는 본문의 장로요! 어째서 내가 나설 자리가 아니라는 것이오?"

부옥령은 위엄 있게 말했다.

"취봉문은 영웅문의 복주지부다. 내 말이 무슨 뜻인지 모르겠느냐?"

화운빙은 아무 말도 하지 못하고 씁쓸한 표정을 지었다.

영웅문 전체로 봤을 때 취봉문주인 소가연은 일개 지부주로서 영웅문의 당주 지위보다 아래라고 할 수 있다.

그렇다면 화운빙은 향주에도 미치지 못하는 지위인데 감히 영웅문주와 영웅문 좌호법이 있는 자리에서 감 놔라 배 놔라 할 자격이 없다는 것이다.

그리고 그것을 알아듣지 못할 화운빙이 아니라서 벌레 씹은 표정을 짓는 것이다.

소가연이 진천룡에게 조심스레 물었다.

"어머니를 고칠 수 있으신 건가요?"

그녀는 취봉문이 더 이상 복건성 수백 개 방파와 문파들에게서 고혈을 짜내지 않고 원성을 듣지 않는다면 어떤 대가를 치러도 좋다는 각오로 영웅문의 복주지부가 됐다.

취봉문은 그대로 존속하고 단지 영웅문의 지부가 되는 것이므로 크게 나쁘지 않다는 생각이다.

더구나 만약 진천룡이 제압당한 모친마저 고쳐준다면 더 이상 바랄 것이 없는 입장이다.

진천룡은 고개를 갸웃거렸다.

"점혈수법을 푸는 것과 욕창을 치료하는 것은 처음이라서 잘 모르겠소."

그렇게 말은 했지만 말과는 달리 자신 있는 표정이다.

"그럼 어떤 것을 치료해 보셨나요?"

"뭐… 이것저것 닥치는 대로 고쳐봤소."

진천룡은 소가연이 더 말하기 전에 침상으로 걸어갔다.

"일단 해보겠소."

부옥령이 턱으로 침상을 가리켰다.

"환자의 옷을 모두 벗겨라."

소가연은 화운빙과 여의원이 머뭇거리자 자신이 침상으로 빠르게 다가갔다.

"제가 하겠어요."

"제… 제가 하겠습니다."

여의원과 화운빙이 급히 다가오자 소가연은 손을 저었다.

"물러나세요. 내가 할 거예요."

소가연은 모친 한하려를 치료하는 일이 그 무엇보다도 급하고 중요한데 화운빙과 여의원은 그렇지 않은 것 같아서 속이 상했다.

진천룡은 소가연이 모친의 옷 벗기는 것을 기다리고 있는데 부옥령이 화운빙과 여의원을 내쫓았다.

"너희 둘은 나가라."

여의원은 쏜살같이 나가고 화운빙은 내키지 않은 표정을 지으며 나갔다.

화운빙은 자신이 이런 식으로 홀대를 당하는 것이 익숙하지 않아서 불쾌한 모양이었다.

"으으… 으아아……."

소가연이 옷을 벗기는 동안 모친 한하려는 고통에 가득 찬

신음을 터뜨리며 몸을 부들부들 떨었다.

온몸이 욕창으로 문드러진 상태라 피고름이 옷에 들러붙어서 벗기는 일이 여간 어렵지 않았다.

특수한 점혈수법에 제압되어 몸은 움직이지 못하지만 말은 할 수 있는 한하려는 처절한 비명을 질렀다.

"으아아—! 연아……! 왜 이러는 것이냐……?"

소가연은 한하려를 한 팔로 안아 상체를 일으킨 자세에서 옷을 벗기는 것을 멈추지 않았다.

"어머니를 치료하려는 거예요. 아파도 잠시만 참으세요……!"

소가연은 일 각에 걸쳐서 피고름에 젖은 옷을 간신히 다 벗겨냈다.

침상 가에 바짝 다가선 진천룡 옆에 나란히 선 부옥령이 한하려를 보더니 이맛살을 찌푸리며 말했다.

"이건 욕창이 아니에요."

"그럼 뭐지?"

경험은 진천룡보다 부옥령이 백배는 더 풍부할 것이다.

부옥령은 손을 뻗어 한하려의 손목 맥문을 잡더니 잠시 후에 더욱 미간을 찌푸렸다.

"혈류가 이상하게 역류하고 있어요. 이런 식으로 혈류가 흐르는 것은 처음 봐요."

진천룡은 고개를 끄떡였다.

"그렇다면 욕창은 그것 때문인가?"

"욕창이 아니라니까요? 이런 경우에는 뼈와 살이 문드러져서 결국 한 움큼의 혈수로 화해요."

진천룡은 어이없는 표정을 지었다.

"한 움큼의 핏물이 된다는 말이야?"

"네. 누가 손을 썼는지 악독한 놈이에요."

소가연은 절망에 가까운 표정으로 부옥령을 바라보았다.

"틀림없나요?"

부옥령은 고개를 끄떡였다.

"구유사흔요혈정(九幽死痕妖穴精)이라는 수법이다."

"구유사흔요혈정……."

부옥령은 아미를 찌푸리며 방문 쪽을 쳐다보았다.

"이것은 요계의 수법인데… 그리고……."

그녀는 빛처럼 방문을 향해 쏘아갔다.

"시술자가 근처에 있어야지만 가능해!"

퍽!

방문 밖에 있던 화운빙은 느닷없이 여의원이 정원 쪽으로 쏜살같이 쏘아가는 것을 보고 움찔했다.

왜냐하면 화운빙은 여의원이 무공을 모르는 것으로 알고 있는데 갑자기 경공술을 발휘했기 때문이다.

그런데 다음 순간 방문이 뻥 뚫리자 화운빙은 다시 한번 움찔 놀랐다.

정원 너머에 쏘아가던 여의원이 맥없이 그 자리에 풀썩 쓰러기 때문이었다.

화운빙이 급히 쳐다보니까 부옥령이 여의원을 향해 검지를 뻗고 있었다.

부옥령이 지풍을 발출하여 여의원을 제압한 것을 짐작할 수 있었다.

화운빙은 눈앞에서 뭔가 희끗한 것이 번뜩이는가 싶더니 어느새 부옥령이 여의원을 안고 박살 난 방문 안으로 들어오는 것을 보았다.

부옥령은 여의원을 바닥에 내던졌다.

털썩!

마혈과 아혈이 제압당한 여의원은 똑바로 누운 채 당혹스러운 표정을 지으며 눈을 깜빡거렸다.

진천룡은 어떻게 된 일인지 이미 짐작하고 여의원을 굽어보면서 물었다.

"이 여자가 요계의 요녀(妖女)인가?"

"네, 주군."

진천룡은 조금 전에 부옥령이 '이것은 요계의 수법'이라고 중얼거린 직후에 방문을 뚫고 쏘아나가자 여의원이 요계의 여자 즉, 요녀일 것이라고 짐작했었다.

부옥령은 요녀를 굽어보면서 진천룡에게 설명했다.

"구유사혼요혈정은 사흘에 한 번씩 점혈을 해줘야지만 효력이 유지돼요. 이년이 환자를 돌보는 척하면서 계속 점혈을 시컸던 거였어요."

"맙소사……."

"이런 처죽일 년!"

소가연은 어이가 없는 표정을 짓고, 화운빙은 발끈하여 요녀에게 일장을 발출하려고 했다.

부옥령이 따끔하게 꾸짖었다.

"일을 망치고 싶으냐?"

화운빙은 움찔 놀라서 급히 손을 멈췄다.

그녀는 화를 참지 못하고 하마터면 요녀를 죽일 뻔한 것 때문에 적잖이 당황했다.

"미… 안하오."

요녀가 한하려에게 구유사혼요혈정을 전개했다면 해혈할 수도 있을 것이다.

그런데 만약 화운빙이 요녀를 죽였다면 한하려는 계속 저 상태로 있다가 죽을 수밖에 없게 된다.

그것은 소가연도 같은 생각이기에 크게 안도했다. 믿음이 가지 않는 진천룡보다는 시술자인 요녀를 족쳐서 해혈하는 편이 믿을 수 있고 또 수월할 테니까 말이다.

그런데 부옥령은 진천룡에게 공손히 말했다.

"시작하시겠어요?"

"그러자."

소가연과 화운빙은 깜짝 놀라서 외쳤다.

"뭐 하시는 거예요?"

"요녀를 심문하지 않을 거요?"

부옥령은 태연하게 대답했다.

"치료하신 후에 심문할 거다."

"어떻게 그런……."

소가연과 화운빙은 망연자실해졌다.

부옥령은 냉소하며 요녀를 보면서 말했다.

"쟤가 해혈하는 방법을 순순히 불 것 같으냐?"

소가연과 화운빙이 보기에 한하려는 욕창에 걸린 것이 아닌 게 분명했다.

욕창이란 같은 자세로 오래 누워 있어서 몸을 짓누르는 압박 때문에 피부가 괴사하는 것인데 한하려는 가슴과 복부, 허벅지, 심지어 사타구니까지 죄다 헐어서 문드러졌다.

한하려는 언제나 옷을 입고 있어서, 그녀를 돌보는 여의원의 욕창 때문에 괴로워한다는 말을 철석같이 믿었던 소가연과 화운빙은 뒤통수를 호되게 얻어맞은 기분이다.

부옥령은 한하려를 똑바로 눕혀놓고 뒤로 물러나 진천룡에게 공손히 고개를 숙였다.

"준비됐습니다."

진천룡은 침상 가까이 다가가서 두 손에 순정기를 일으켜서 천천히 들어 올렸다.

소가연과 화운빙은 몹시 긴장하여 숨을 멈춘 채 눈도 깜빡이지 않고 지켜보았다.

고통으로 일그러진 표정의 한하려는 눈을 깜빡거리면서 진천룡을 바라보았다.

슥…….

진천룡은 순정기가 가득한 두 손을 피고름이 줄줄 흐르고 살갖이 다 벗겨진 시뻘건 한하려의 복부로 가져갔다.

그로부터 반 시진 후.

"이… 이게 꿈은 아니죠?"

"아아…….."

소가연과 화운빙은 마치 귀신을 본 것처럼 혼비백산한 표정으로 멍하니 서 있었다.

두 여자의 시선 끝에는 침상이 있으며, 침상가에 진천룡이 서 있고, 침상에는 한하려가 앉아서 그와 담소를 나누고 있었다.

한하려는 진천룡이 환부에 손바닥을 대고 주무르면서 쓰다듬으면 그 부위의 고통이 일시에 사라지면서 더없이 시원한 것을 느꼈었다.

진천룡의 손은 한하려의 복부와 가슴, 어깨, 얼굴, 허벅지, 은밀한 부위, 그리고 온몸 구석구석을 주무르고 쓰다듬었으며, 그럴 때마다 한하려는 부글부글 끓는 용암 속에 잠겨 있던 몸뚱이가 한 부위 한 부위씩 시원해지는 것을 느끼면서 이대로 죽어도 소원이 없다고 속으로 수없이 뇌까렸다.

진천룡은 한하려의 몸을 구석구석 주무르고 쓰다듬으면서

겉만 치료한 것이 아니라 체내의 점혈된 혈도들을 차근차근 해혈시켰다.

그렇기에 그가 한하려의 몸에서 손을 뗐을 때 그녀는 깨끗하게 나은 몸이 되었다.

약 반 시진 동안 치료가 계속되면서 고통이 차례로 사라지자 한하려는 진천룡을 바라보면서 비 오듯이 눈물을 흘리며 감격했다.

한하려는 자신의 몸을 주무르면서 쓰다듬고 있는 진천룡을 보면서 죽을 때까지 그의 종이 돼서라도 은혜를 갚겠다고 맹세했다.

얼마나 고통이 극심했으면 그동안 그녀는 수도 없이 자살을 시도했었고 그때마다 번번이 실패했었다.

아혈이 제압된 것이 아닌데도 불구하고 말이 나오지 않을 정도로 고통이 극에 달했었다.

예전의 한하려는 예의를 준수하는 매우 굳건한 성격의 소유자였다.

하지만 지금은 진천룡 앞에 벌거벗은 몸으로 앉아 있으면서도 추호도 부끄러워하지 않고 웃으면서 그와 대화를 이어가고 있었다.

아니, 그녀는 웃을 뿐만 아니라 울기도 했다. 너무 기쁜 나머지 웃음도 나오고 눈물도 나오는 것이다.

그때 진천룡이 한하려를 굽어보며 부드럽게 미소 지었다.

"태상문주, 완치된 기념으로 선물을 하나 주고 싶소."

매우 기품 있는 미모를 지닌 한하려는 존경과 사랑의 눈빛을 가득 담고 그를 바라보았다.

"부디 하대를 하세요."

"허어… 태상문주, 어찌 내가……."

한하려는 침상에서 무릎을 꿇고 두 손으로 바닥을 짚으며 고개를 조아렸다.

"소첩의 목숨은 주인님 것이에요. 부디 이름을 부르고 하대를 하시옵소서."

한하려가 선택할 수 있는 것 중에 이러는 것이 가장 크고 진실한 것이었다.

목숨을 구해주었는데, 아니, 그보다 더 큰 것, 죽음보다 더한 고통에서 해방시켜 주었는데 진천룡에게 무엇을 바친들 아깝겠는가.

그녀는 진천룡의 손에 의해서 고통이 어둠의 장막처럼 하나씩 거두어질 때 몇 번이고 결심을 거듭했었다.

앞으로 남은 한평생 그의 종이 되어 크나큰 은혜를 갚겠노라고 말이다.

第百四十五章

여종

부옥령이 진천룡에게 전음을 했다.

[이름을 부르고 하대하세요. 취봉문 태상문주를 종으로 거두면 그것으로 끝나는 거예요.]

진천룡이 무슨 뜻이냐는 듯 쳐다보자 부옥령은 요염한 미소를 살짝 지어 보였다.

[절 믿으세요, 주인님.]

그러고 보니까 부옥령도 그의 여종이다. 그녀만이 아니라 청랑과 은조도 그렇다.

진천룡은 부옥령의 말을 잘 듣는 편이다. 그녀의 말은 틀림이 없기 때문이다.

진천룡이 보니까 한하려는 침상 위에 무릎을 꿇은 채 깊이 고개를 숙이고 있다.

절망에서 막 풀려난 그녀의 목은 사슴처럼 길고 쇄골과 어깨는 가냘팠다.

그가 둘러보자 소가연과 화운빙은 아스라한 표정을 지으며 바라보고 있었다.

그녀들은 모든 상황을 지켜봤으므로 한하려가 그러는 것을 십분 이해할 수 있었고 또한 지금 그녀의 행동이 지나치지 않다고 생각했다.

진천룡은 소가연과 화운빙의 표정에서 그녀들의 내심을 읽고 한하려를 굽어보았다.

"하려, 일어나라."

한하려는 고개를 들고 그를 올려다보며 기쁜 표정으로 노래하듯이 대답했다.

"네, 주인님!"

한하려는 벌떡 일어나더니 침상 위에 우뚝 선 채 그를 바라보면서 다음 명령을 기다렸다.

그녀는 말로만 그러는 것이 아니라 정말 죽을 때까지 진천룡의 종이 되어 그의 발바닥이라도 핥으라면 핥을 각오가 되어 있었다.

진천룡은 침상 위에 우뚝 서 있는 한하려를 물끄러미 응시하면서 생각했다.

'하려도 임독양맥을 소통하고 벌모세수와 환골탈태를 시켜 주면 좋겠군.'

진천룡은 자신의 측근들은 한 사람도 빼놓지 않고 임독양맥 소통과 벌모세수, 환골탈태를 해주었다.

한하려는 진천룡이 자신의 몸을 빤히 응시하자 부끄러움을 느끼고 움찔거렸다.

하지만 그녀는 곧 생각을 고쳐먹었다. 특수한 점혈수법을 해 혈하느라 진천룡이 그녀의 온몸을 구석구석 주무르고 쓰다듬 었는데 이제 와서 그가 나신을 쳐다본다고 부끄러워하는 것은 오히려 상황을 더 어색하게 만들 뿐이다.

아니, 그게 아니더라도 그녀는 진천룡의 종이 됐는데 주인이 나신을 쳐다본다고 이상한 반응을 하는 것은 말도 안 되는 일 이다. 그녀의 정신과 몸은 주인님의 것이다.

그러나 사실 진천룡은 한하려의 몸을 보고 있지 않고 시선 만 던진 채 생각에 잠겨 있을 뿐이었다.

"하려는 무위가 어느 정도지?"

진천룡의 물음에 한하려는 조심스럽게 대답했다.

"소첩은 복건성 내에서 다섯 손가락 안에 꼽히며 백이십 년 공력에 아미파 절학을 지녔어요."

진천룡은 고개를 끄떡였다.

"이제 너는 점혈수법이 풀렸으므로 취봉문주에 다시 복귀할 생각이냐?"

한하려는 화들짝 놀라서 세차게 고개를 가로저었다.

"절대 아닙니다! 소첩은 지금 이 순간부터 주인님을 따르겠습니다……!"

"나를 따른다고?"

한하려는 진심이 뚝뚝 묻어나는 표정으로 말했다.

"소첩은 주인님의 견마(犬馬)입니다. 자고로 견마가 주인 곁에서 떨어져 있는 경우는 없어요."

진천룡은 취봉문을 완벽하게 장악하려면 그렇게 하는 것도 방법의 하나라고 생각하고는 고개를 끄떡였다.

"알았다."

"고맙습니다, 주인님!"

한하려는 다시 그 자리에 펄썩 엎드리면서 절을 올렸다.

그녀는 자신의 딸과 장로 화운빙이 있는 자리인데도 나신으로 있는 것이나 진천룡에게 '주인님'을 연호하면서 절을 올리는 것을 조금도 개의치 않았다.

화운빙이 한쪽으로 가더니 옷 한 벌을 가져와서 한하려에게 내밀었다.

"옷을 입으세요."

한하려가 옷을 받으려는데 진천룡이 제지했다.

"그럴 필요 없다."

"무슨……."

부옥령은 진천룡이 무엇을 하려는지 짐작하고 미소를 지으며 한하려에게 말했다.

"주군께서 너의 임독양맥을 소통시켜 주시려는 것이다."

"아……."

한하려는 얼굴 가득 경악과 기대감을 떠올리고 진천룡을 바라보았다.

화운빙이 조금쯤 불신 어린 표정으로 중얼거렸다.

"임독양맥의 소통이 얼마나 어려운 일인데 그걸 태상문주께 해주신다는 말입니까?"

부옥령은 손바닥으로 자신의 가슴을 두드렸다.

"주군께서 내 임독양맥을 소통시켜 주셨다. 그뿐인 줄 아느냐? 벌모세수와 환골탈태까지 시켜주셨다!"

"그런……."

한하려와 소가연, 화운빙은 진천룡과 부옥령을 번갈아 쳐다보면서 놀라는 표정을 지었다.

"그게 정말입니까……?"

화운빙이 반신반의하는 표정을 짓자 부옥령이 발끈하며 그녀에게 손을 뻗었다.

"내 말을 못 믿겠다는 게냐?"

스우우!

그런데 무려 일 장 반 정도 떨어져 있던 화운빙이 부옥령에게 선 채로 끌려가기 시작했다.

당사자인 화운빙은 물론이고 보고 있는 한하려와 소가연도 경악했다.

부옥령이 화운빙에게 손바닥을 활짝 펼쳐서 뻗고 있으므로 허공섭물의 절기로 끌어당기고 있는 것이 틀림없다.

일 장 거리에 있는 빈 술잔을 허공섭물로 끌어당기려면 최소한 삼백오십 년의 공력이 있어야지만 가능하다는 사실은 웬만한 무림인이면 다 알고 있다.

그런데 지금 부옥령은 빈 술잔 정도가 아니라 그보다 수백배 이상 무거운 사람을 일 장 반 거리에서 허공섭물로 슬슬 끌어당기고 있으므로 도대체 공력이 어느 정도일지 상상이 가지 않았다.

더구나 부옥령은 추호도 힘들어하지 않았고 허공섭물을 전개하면서도 태연하게 말을 하고 있다.

"내 공력 수위가 어느 정도인 것 같으냐? 응?"

"아아……"

"너 정도는 손을 쓰지 않고서도 죽일 수가 있다. 한번 보고 싶으냐?"

부옥령은 화운빙이 한 걸음 앞에 이르자 손을 거두었고 화운빙은 쓰러질 듯이 비틀거렸다.

천하절색의 미모를 지닌 부옥령은 가소롭다는 미소를 지으며 손가락으로 화운빙의 가슴을 찔렀다.

"참고로 나는 너보다 나이가 많다."

"……!"

부옥령의 말에 화운빙은 물론 한하려와 소가연도 아연실색하고 말았다.

부옥령의 외모는 많아야 십팔 세 정도로 보이는데 실제로는 사십이 세인 화운빙보다 많다는 것이다.

사십 대인 부옥령이 십칠팔 세의 어린 소녀 모습이 되었다면 이유는 하나뿐이다.

믿어지지 않는 일이지만 늙음을 돌이켜 아이로 돌아간다는 반로환동의 경지에 올랐기 때문이다.

"아아……."

잠시의 침묵을 깨고 한하려가 엎드린 채 고개를 잔뜩 조아리고 애원했다.

"주인님……! 부디 소첩에게도 임독양맥의 소통과 벌모세수, 환골탈태의 대은을 내려주세요……! 간청합니다……!"

진천룡은 한하려에게 임독양맥 소통을 시켜주려고 했었기에 벌모세수와 환골탈태를 더해주는 것은 그다지 어려운 일이 아니라서 미소를 지으며 고개를 끄떡였다.

"알았으니까 일어나라."

한하려가 일어서려는데 갑자기 소가연이 그 자리에 무너지듯이 무릎을 꿇었다.

"주인님!"

진천룡은 소가연이 왜 그러는지 알고 미소를 지었다.

"너도 임독양맥 소통을 해달라는 것이냐?"

소가연은 납작하게 엎드려서 이마를 바닥에 대고 간절한 목소리로 말했다.

"부디 저를 종으로 거두어주세요……! 저도 임독양맥 소통과 벌모세수, 환골탈태를 하고 싶습니다……!"

진천룡은 빙그레 미소 지었다.

"너는 취봉문주이며 영웅문 복주지부의 지부주이므로 종으로 삼을 수 없다."

"싫습니다. 주인님의 종이 되겠습니다! 제발 애원합니다! 소첩의 임독양맥을 소통시켜 주세요……!"

'소첩'이란 혼인한 여자가 남편에게, 여종이 주인에게 사용하는 호칭인데 임독양맥 소통에 눈이 먼 소가연은 서슴없이 자신을 '소첩'이라고 지칭했다.

이런 판국에 화운빙 역시 초조한 표정으로 발을 동동 구르고 있었다.

그녀도 임독양맥 소통에 벌모세수, 환골탈태를 하고 싶었기 때문이다.

임독양맥의 소통과 벌모세수, 환골탈태는 무림이 존재하는 한 전 무림인들이 목숨을 걸고서라도 달성하고 싶은 영원한 희원(希願)인 것이다.

아니할 말로 순결한 여자 백 명에게 '순결을 바치면 임독양맥을 소통해 주겠다'라고 말한다면 백 명의 여자 모두가 일고의 망설임도 없이 순결을 바치겠다고 소리칠 것이다.

임독양맥의 소통이란 그 정도인 것이다.

그러나 화운빙은 자신이 진천룡에게 굴종을 해도 소원을 들어주지 않을 것이라고 생각했다.

한하려와 소가연은 취봉문의 태상문주와 문주라는 신분이며 한하려는 진천룡의 종이 되었기에 임독양맥 소통과 벌모세수, 환골탈태를 해주려는 것이다.

그렇지만 화운빙은 진천룡과 아무런 연결 고리가 없다. 더구나 화운빙의 발목을 잡는 것이 하나 더 있다.

그녀의 순결을 가져간 훈용강이라는 남자가 있다는 사실이 그것이다.

원래 한하려는 처음부터 남편이 없었으며 혼인 같은 것은 하지 않은 몸이었다.

그녀는 순전히 딸을 낳기 위한 목적 하나만으로 사랑하지도 않은 건강한 남자를 골라서 자신의 순결을 바치고 잉태를 했던 것이다.

그 한 번의 정사로 한하려는 임신을 했으며 그때부터 지금껏 홀몸으로 살아왔었다.

처음에 소가연의 성은 한하려의 '한'을 받아서 한가연이었으나 아미파에서 부친의 성을 이어받은 여아만 제자로 받아준다고 해서 부랴부랴 이름도 성도 모르는 옛날 그 남자를 수소문해서 성을 알아내어 소가연이 됐던 것이다.

소가연은 임독양맥의 소통과 벌모세수, 환골탈태가 너무도 엄청난 것이라서 눈물마저 폭포처럼 흘렸다.

"주인님! 이렇게 애원해요……! 제발 저를 종으로 거두어주세요! 거두시지 않으면 자결하겠어요……!"

소가연은 애원이 통하지 않으니까 협박까지 했다.

진천룡은 진지하게 말했다.

"임독양맥을 소통하고 벌모세수와 환골탈태를 하려면 벌거 벗어야 하고 내가 네 몸을 만져야 한다."

소가연은 지체 없이 소리쳤다.

"상관없어요! 소첩은 주인님의 종이거늘 그러는 게 무슨 문제가 되겠어요!"

진천룡은 빙그레 미소 지으며 말했다.

"인석아, 나는 너를 종으로 거둘 생각이 조금도 없다."

소가연은 하얗게 질린 얼굴을 들고 진천룡을 바라보며 비오듯이 눈물을 흘렸다.

"주인님! 그러시면 안 됩니다……! 제발 소첩을 거두어주세요……! 으흑흑……!"

보다 못한 부옥령이 진천룡 옆으로 다가와서 손을 뒤로 뻗어 그의 엉덩이를 꼬집으며 전음을 했다.

[어차피 해줄 거면서 왜 애를 괴롭히는 건가요?]

[응? 무슨 소리야?]

진천룡이 너스레를 떨자 부옥령은 한 번 더 엉덩이를 꼬집으며 전음했다.

[빨리 저 애를 종으로 거두세요.]

진천룡은 짐짓 정색을 하며 물었다.

[종으로 거두라고? 그게 더 나은가?]

부옥령은 진천룡이 진짜 몰라서 그런다는 것을 알아채고 역시 진지하게 대답했다.

[지부주보다는 종이 배신할 확률이 적어요. 저를 보세요. 어디 배신하던가요?]

[흠! 두고 봐야지.]

[주인님!]

부옥령이 발끈해서 빽 소리치자 진천룡은 뒷짐을 지고 고개를 흔들었다.

[너는 박쥐잖느냐? 어떨 때는 좌호법이었다가 또 어떨 때는 여종이고, 너 편한 대로 이리저리 옮겨 다니잖느냐?]

[그것은…….]

[됐다.]

진천룡은 부옥령이 더 이상 말을 하지 못하게 만들고는 소가연을 굽어보았다.

"연아,"

"아… 네… 네?"

소가연은 화들짝 놀라서 고개를 들었다.

"너를 거두겠다."

"아……."

소가연의 얼굴에 환한 기쁨이 가득 퍼졌다.

침상 위의 한하려가 급히 외쳤다.

"연아! 뭘 하느냐? 어서 주인님께 예를 갖추어라!"

소가연은 화들짝 놀라서 그 즉시 이마를 바닥에 대고 떨리는 목소리로 말했다.

"소첩 소가연이 주인님을 뵈어요……!"

취봉문주 소가연은 어차피 영웅문주 진천룡의 수하가 되기로 했었다.

수하나 종이나 크게 상관이 없다는 생각이다. 어차피 수하와 종은 종이 한 장 차이다.

*   *   *

진천룡은 부옥령과 화운빙에게 손을 내저었다.

"너희는 나가 있어라."

부옥령은 문으로 걸어가는데 화운빙은 머뭇거리면서 나가지 않았다.

부옥령이 문을 열고 나가다가 화운빙을 돌아보며 말했다.

"나와라."

그런데 화운빙이 갑자기 진천룡을 향해 바닥에 부복하더니 처절한 목소리로 울부짖었다.

"주인님! 소첩을 거두어주십시오……!"

그녀를 쏘아보는 부옥령의 비틀린 입술 사이로 냉랭한 일갈이 터져 나왔다.

"미친년! 이리 나와!"

부옥령은 허공섭물로 화운빙의 목을 개처럼 칭칭 감아서 질질 끌고 나갔다.

"캑! 캐액……! 주… 주인님……!"

화운빙은 진천룡에게 안타깝게 두 팔을 뻗으며 울부짖었다.

침상 위에 한하려와 소가연이 나란히 앉아서 운공조식을 하고 있다.

두 시진에 걸쳐서 두 여자에게 임독양맥의 소통과 벌모세수, 환골탈태를 모두 해준 진천룡은 일 각여의 운공조식만으로 회복을 한 후 두 여자가 깨어나기를 기다리고 있다.

진천룡은 두 여자가 지금부터 최소한 한 시진 동안 운공조식을 해야 할 것이라고 생각했다.

그래야지만 임독양맥의 소통과 벌모세수, 환골탈태를 한꺼번에 하게 되어 완전히 탈바꿈한 신체를 어느 정도 수습할 수 있게 될 터이다.

임독양맥 등을 소통했다고 해서 무조건 공력이 두 배 이상 증진되고 꿈에 그리던 효과들을 보는 것이 아니다.

진천룡은 잠시 생각하다가 방을 나갔다.

진천룡이 화운빙을 찾아낸 것은 후원의 자그마한 인공 연못 근처였다.

그녀는 연못가 나지막한 바위에 앉아서 우울한 표정으로 연못을 바라보고 있었다.

화운빙은 자신이 상상할 수 없을 만큼 초라해진 것 같아서 견딜 수가 없었다.

예전에 그녀의 무위는 취봉문에서 세 번째였으며 복건성 전체로는 열 손가락 안에 꼽힐 정도였다.

그녀는 취봉문 최고수인 소가연에 비해서 한 수 정도 하수였으며 한하려는 반 수 차이였었다.

그랬었는데 이제는 격차가 훨씬 더 벌어지게 생겼다. 소가연과 한하려의 공력이 두 배로 증진되면 화운빙은 그녀들에게 일초지적도 못 될 터이다.

"휴우……."

두 시진 전부터 연못가에 앉아서 그런 생각을 줄곧 하고 있었는데 가슴이 터질 것처럼 답답했다.

그것도 그렇고 아까 진천룡에게 더 적극적으로 애원해 볼 것을 너무 일찍 포기한 것이 아닌가 하는 생각이 들어서 후회로 속을 끓이고 있다.

또한 그녀를 개처럼 질질 끌고 나온 부옥령을 향한 원망이 활화산처럼 들끓기도 했다.

'지금쯤 끝났을 텐데…….'

그런 생각을 하면서 무심코 고개를 돌리던 그녀는 눈앞에 우뚝 서 있는 어떤 사람의 하체를 발견하고 움찔 놀랐다.

"누구……"

하지만 그녀의 말은 중도에서 흐려졌다. 서 있는 사람이 진천룡이라는 사실을 알아보았기 때문이다.

화운빙은 크게 놀라서 벌떡 일어섰다.

"당신……"

진천룡은 뒷짐을 지고 조용한 목소리로 말했다.

"내가 너의 당신이더냐?"

"……"

진천룡이 살짝 가르침을 주었다.

"네가 나를 뭐라고 불러야 하느냐?"

순간 화운빙 머릿속에서 번쩍! 하고 섬광이 일었다.

그녀는 펄쩍 허공으로 뛰어오르는가 싶더니 그대로 바닥을 향해 곤두박질쳤다.

쿵!

그녀는 무릎과 팔꿈치가 까지고 돌바닥에 박치기를 한 이마가 쪼개지는 아픔도 느끼지 못했다.

"주인님!"

처음에 진천룡은 화운빙에게는 임독양맥 소통 등의 은혜를 베풀지 않을 생각이었다.

구태여 그렇게 해야 할 이유가 없었으며 부옥령이 그녀도 해주라는 말이 없었기 때문이다.

그런데 다시 생각해 보니까 취봉문의 실권을 한 손에 틀어쥐고 있는 화운빙을 완벽하게 수하로 거두어두는 편이 좋을 것 같았다.

진천룡은 한하려와 소가연, 화운빙 등이 종이 되든 수하가 되든 개의치 않았다. 그에게는 종이든 수하든 같은 의미이기 때문이다.

진천룡은 화운빙에게 한 가지만 다짐을 받았다.

"너, 말 잘 들을 거지?"

"네?"

화운빙은 무슨 말인지 언뜻 이해가 되지 않아서 고개를 들고 진천룡을 올려다보았다.

"말 잘 들을 거냐고 물었다."

화운빙은 눈을 커다랗게 뜨고는 목이 부러질 것처럼 마구 끄떡였다.

"두말하면 잔소리입니다! 주인님께서 죽으라면 그 즉시 머리통을 박살 내서 죽겠습니다!"

보통은 죽으라고 하면 죽는 시늉을 하겠다고 말하는데 그녀는 죽으라고 하면 죽겠다고 했다.

그것도 진심 어린 표정으로 머리통을 박살 내서 죽겠다고 한다면 확실한 수하가 될 터이다.

진천룡은 걸음을 옮겼다.

"가자."

화운빙은 부복한 채 의아한 표정을 지었다.

"어… 딜 말입니까?"

진천룡은 걸어가면서 중얼거렸다.

"내 말에 한 번만 더 토를 달면 내치겠다."

"앗!"

화운빙은 후다닥 일어나더니 급히 진천룡을 뒤따르며 부르짖듯이 외쳤다.

"잘못했습니다! 앞으로는 절대 그런 일이 없을 겁니다!"

진천룡은 침상을 가리키며 명령했다.

"옷 모두 벗고 침상에 누워라."

화운빙은 촌각도 망설이지 않고 빛의 속도로 옷을 모두 벗고 몸을 날려 침상에 반듯하게 누웠다.

그녀는 아까 한하려와 소가연이 연이어서 진천룡에게 부복하며 종이 될 것을 간청할 때까지만 해도 훈용강 때문에 많이 망설였었다.

그녀는 훈용강을 자신의 첫 남자이며 연인, 혹은 남편으로 여겼었기 때문이었다.

그러나 한하려와 소가연이 임독양맥 소통 등을 하고 있는 동안 화운빙은 후원 연못가에 앉아서 절망적인 심정이 되어 자신의 실수를 뼈저리게 후회했다.

진천룡 앞에서 옷을 벗고 그가 몸을 만지는 것뿐이지 정사를 하는 것이 아니지 않은가. 그렇다면 훈용강에게 죄를 짓지 않는 것이다.

침상에 똑바로 누운 화운빙은 극도로 긴장하여 눈을 꼭 감고 있었다.

처음에 진천룡은 그녀의 손목을 잡고 한참 있더니, 그다음에는 온몸 구석구석을 지그시 누르거나 쓰다듬는데, 그녀가 보기에 임독양맥을 소통하는 것 같지는 않았다.

진천룡이 반 시진이 되도록 그러고 있으니까 화운빙은 뭔가 잘못된 것이 아닌가 하는 불길함이 고개를 들어 조심스럽게 눈을 떴다.

"……!"

그런데 아니나 다를까 진천룡이 미간을 잔뜩 좁히고 있는 것이 그녀의 시야로 쏘아 들어왔다.

화운빙은 가슴이 철렁 내려앉았다.

"뭐… 가 잘못됐나요……?"

아까 진천룡이 말하지도 움직이지도 말고 눈 감고 있으랬는데 그것도 잊어버렸다.

진천룡은 좁혔던 미간을 풀면서 말했다.

"너, 구정혈맥(九鼎穴脈)이로구나?"

"아……."

화운빙은 까맣게 잊고 있었던 사실 하나를 불현듯 떠올리면서 탄성을 흘렸다.

그녀가 여덟 살 어린 나이에 아미파에 들어갔을 때 그녀를 맡았던 스승이 그녀의 몸을 구석구석 살펴보고 나서 지금 진천룡이 했던 말과 똑같은 말을 했었다.

다른 것이 있다면 그 당시의 스승이 한마디를 더 했다는 것이다.

"구정혈맥은 선천적인 절맥(絶脈)이 아니라서 무공을 연마하는 데는 상관이 없단다. 하지만 어떤 특수한 상황에서는 그것 때문에 곤란을 겪을 수도 있을 게다."

스승은 '어떤 특수한 상황'이 무엇인지에 대해서는 설명하지 않았었다.

어쩌면 구정혈맥에 대해서 스승이 잘 몰랐을 수도 있고, 여덟 살짜리 어린아이에게 설명을 해봐야 알아듣지 못할 것이라고 판단했을 수도 있다.

화운빙은 머릿속이 텅 비고 하얘져서 꿈을 꾸는 것처럼 중얼거렸다.

"그래서 임독양맥을 소통할 수 없는 건가요……?"

진천룡은 고개를 가로저었다.

"그건 나도 모르겠어."

"......."

"일단 한번 해봐야지."

'해본다'라는 말에 화운빙은 정신이 번쩍 들었다.

진천룡은 일 년여 전에 설옥군을 처음 만났을 무렵 서호변의 집 뒤뜰에서 근 한 달여 동안 그녀에게 혈도에 대해서 거의 완벽하게 공부를 했었다. 그랬기에 구정혈맥에 대해서도 잘 알고 있다.

화운빙은 갈망하는 표정으로 진천룡을 바라보았다.

"희망이 있는 건가요?"

"글쎄… 해보자."

진천룡은 가타부타 내심을 얘기하지 않고 일단 손을 써보기로 마음먹었다.

"눈 감아라."

진천룡은 두 손에 순정기를 주입하면서 말했다.

화운빙은 눈을 감기 전에 속눈썹을 바르르 떨면서 진천룡을 올려다보았다.

"천첩의 목숨은 주인님 거예요."

진천룡은 그녀의 표정에서 간절함을 발견하고 부드럽게 미소 지으며 고개를 끄떡였다.

"알았다."

"휴우……."

진천룡은 화운빙의 몸에서 두 손을 거두면서 피곤함이 진득하게 묻어 있는 긴 한숨을 토해냈다.

눈을 꼭 감고 있는 화운빙은 두 시진 동안 진천룡이 그녀의 온몸을 훑으면서 얼마나 고생을 했는지 너무도 잘 알기에 감격을 금하지 못했다.

진천룡은 침상에서 내려가며 조용히 말했다.

"누워 있어라."

진천룡이 밖에 나가자 화운빙은 조심스럽게 눈을 뜨고 천장을 바라보았다.

아직 확실한 것은 알 수 없지만 임독양맥이 소통되고 벌모세수와 환골탈태가 성공한 것은 분명한 것 같았다.

그녀는 무려 두 시진 동안이나 눈을 감고 있었지만 자신의 몸에 어떤 일이 일어났는지 생생하게 느낄 수 있었다.

정수리의 백회혈을 비롯한 일곱 개의 혈도, 그리고 항문과 옥문 사이의 회음혈을 비롯한 여섯 개의 혈도가 한꺼번에 뚫리면서 어마어마한 폭음이 터졌었다.

다음 순간 폭포 같은 진기가 정수리와 사타구니를 뻥 뚫으면서 콸콸 쏟아져 전신 기경팔맥과 삼백육십오 혈도를 노도처럼 휩쓸고 다녔었다.

그것이 임독양맥이 소통되는 과정이라는 사실을 무림의 초년생이라도 느낄 수 있었을 것이다.

화운빙이 기뻐서 비명이라도 지르려고 했을 때 진천룡은 쉬지 않고 환골탈태를 진행했었다.

화운빙의 전신 뼈마디와 근육이 뒤틀리면서 그녀를 완전히 새롭게 탄생시켰다.

부모가 그녀를 잉태하여 인간 세상에 내보냈다면, 진천룡은 그녀를 완벽한 인간, 완전한 무골로 재탄생시켰다.

부모는 그녀를 인간으로 만들었지만, 진천룡은 그녀를 절세 무인(絶世武人)으로 만든 것이다.

화운빙은 진천룡이 두 번째로 시도한 것이 환골탈태라는 사실을 깨달았다.

그런데 세 번째가 무엇인지 아무리 곰곰이 생각을 해봐도 알 수가 없다.

진천룡이 두 손으로 그녀의 온몸 구석구석 머리 꼭대기에서 발가락까지, 심지어 옥문과 항문까지 쓰다듬으면서 진기를 주입하는 것은 느낄 수 있었다.

그리고 다음 순간 그녀는 자신의 온몸 내장과 장기들이 몸 밖으로 끄집어내어져서 차디찬 얼음물에 씻기는 듯한 써늘함과 청량함을 느끼고 소스라치게 놀랐었다.

그다음에 내장과 장기들은 다시 그녀의 몸속으로 들어와 제자리를 찾아 차곡차곡 쟁여졌다.

그렇게 상쾌하고 시원하며 기분 좋은 느낌은 태어나서 처음 맛보았다.

그런데 그런 느낌이 그 한 번으로 끝나는 것이 아니라 그때 이후 지금까지 지속되고 있었다.

척!

그때 문이 닫히는 소리가 들리더니 잠시 후에 침상 옆에서 물소리가 들렸다.

"주인님."

"뭐냐?"

화운빙이 의아해서 부르자 진천룡이 무뚝뚝하게 대답했다.

그녀는 눈을 뜨지 않고 조심스럽게 물었다.

"물소리인가요?"

"그래, 네 몸을 닦아야 한다."

화운빙은 깜짝 놀랐다.

"어… 째서 천첩의 몸을……."

第百四十六章

요마령(妖魔鈴)

화운빙은 벌모세수 때 체내의 모든 찌꺼기들이 모공을 통해서 체외로 배출이 되어 시커멓고 끈적끈적한 액체가 온몸을 뒤덮고 있는 모습이다.

"보려느냐?"

진천룡은 화운빙의 팔 하나를 잡고 들어 올렸다.

"앗!"

자신의 팔을 본 화운빙은 비명을 질렀다. 팔이 먹물에 담갔다가 꺼낸 것처럼 온통 시커멓기 때문이다.

뿐만 아니라 지금까지는 모르고 있었는데 팔의 시커먼 액체에서 지독한 악취가 풍겼다.

화운빙은 크게 놀라서 몸서리를 쳤다.

"이… 게 뭔가요?"

"벌모세수를 하는 과정에 네 몸속에서 나온 것이다. 사십이 년 동안 세속의 온갖 더러운 것들이 네 몸속에 차곡차곡 축적되어 있다가 내가 네 몸을 주무를 때마다 꾸역꾸역 쏟아져 나온 것이지."

"아아……."

진천룡은 그녀의 팔을 내려주며 말했다.

"이 액체는 대부분 너의 내장과 장기에서 나온 것인데 체액과 섞여 있는 데다 네 살갗에 들러붙어 있어서 잘 씻기지 않는다. 공력을 주입해서 닦아내야 하는 거야. 그리고 너는 지금 움직이면 안 된다."

"그러면……."

"그래서 내가 닦아주려는 것이다."

아까 한하려와 소가연의 몸 역시 진천룡이 손수 깨끗이 닦아주었다.

그녀들도 몹시 부끄러워했지만 상황이 상황이니만큼 진천룡이 닦아주는 것을 뿌리치지 않았었다.

화운빙은 부끄러워서 진천룡과 눈을 마주치지 못하고 시선을 돌렸다.

"싫으면 운공조식 끝내고 나서 네가 하려무나."

화운빙은 쭈뼛거리면서 물었다.

"운공조식을 얼마나 해야 하죠?"

"많이 할수록 좋은데 최소한 세 번 해야 한다. 다섯 번을 하면 훨씬 좋을 테고."

운공조식을 세 번 연이어서 하면 한 시진쯤 걸릴 것이고 다섯 번을 하면 한 시진 반이다.

진천룡은 침상 아래 나무통에 가득 받아 온 물과 거기에 담겨 있는 헝겊을 가리켰다.

"여기 물과 헝겊이 있으니까 이따가 네가 닦아라. 이 오물이 말라붙으면 잘 닦이지 않겠지만 말이다. 나는 하려와 가연에게 가봐야겠다."

"주인님!"

화운빙이 당황해서 급히 불렀다.

진천룡은 방문으로 어슬렁거리며 걸어가다가 멈추고 뒤돌아보았다.

"왜 그러느냐?"

진천룡이 장장 한 시진 동안 화운빙의 임독양맥을 소통해주고 벌모세수와 환골탈태를 해주느라 온몸을 주무르고 쓰다듬었는데 이제 와서 몸에 묻은 오물을 닦아주는 것이 그녀로서 뭐가 부끄럽겠는가.

"주인님께서 닦아주세요."

진천룡이 대답하지 않자 화운빙은 애처로운 목소리로 울 것처럼 부탁했다.

"제발 주인님께서 해주세요……! 애원해요……!"

화운빙은 자신의 외모가 크게 변했다는 사실을 까맣게 모르고 있었다.

임독양맥의 소통과 벌모세수, 환골탈태를 한 그녀에겐 실로 놀라운 변화가 일어났다.

구정혈맥이란 체내의 중요혈맥 아홉 군데가 솥처럼 움푹 파이고 큰 것을 말한다.

진천룡은 구정혈맥 때문에 화운빙의 임독양맥을 소통하는 데 애를 먹었지만 결국 성공시켰다.

그리고 오히려 구정혈맥 덕분에 화운빙은 공력이 세 배 이상 급증하는 경이로운 일이 벌어졌다.

진천룡이 측정해 본 결과 그녀의 원래 공력은 백오십 년 수준이었는데 현재는 세 배가 넘는 무려 사백칠십 년 공력을 지니게 되었다.

그 덕분에 그녀는 세 번의 운공조식으로 공력을 정리하는 과정에서 자연스럽게 반로환동의 경지에 오르게 되었다.

가부좌 자세로 앉아서 네 번째 운공조식을 하고 있는 그녀의 나신에서는 은은한 광채가 발산되고 있다.

그녀는 예전에 수십 차례 싸우는 과정에 몸 여기저기 십여 개의 상처를 입었으며 그것이 흉터로 남았었는데 지금은 그것들이 감쪽같이 사라졌다.

그뿐만 아니라 화운빙의 외모는 어린 소녀가 돼버렸다. 얼굴은 아예 십칠팔 세로 보였다.

아니, 얼굴만이 아니라 몸 전체도 싱싱하고 파릇파릇한 십칠팔 세가 되었다.

화운빙이 운공조식을 하는 동안 진천룡은 옆방의 한하려와 소가연에게 갔다.

두 여자는 침상에 나란히 가부좌로 앉아서 여전히 운공조식을 하고 있는 중이다.

진천룡이 운공조식은 많이 할수록 좋다고 말한 덕분에 그녀들은 일곱 번째의 운공조식을 하고 있었다.

침상 가에 선 진천룡은 그녀들의 운공조식이 거의 끝나가고 있음을 알게 되었다.

"이제 그만해도 된다."

잠시 후에 두 여자는 긴 한숨을 토해내면서 눈을 떴다.

두 여자 다 아직 벌거벗은 모습이고 아까 진천룡이 몸의 오물을 닦아준 그대로이지만 부끄럽다고 난리 법석을 피우지는 않았다.

진천룡에게 나신을 보이는 것이 부끄럽다고 여기기에는 그녀들과 진천룡은 너무 깊은 관계가 돼버렸기 때문이다.

도합 일곱 번의 운공조식을 마친 두 여자는 자신들의 공력이 자그마치 삼백오십 년과 사백 년으로 두 배 가까이 급증했다는 사실을 깨닫게 되었다.

그녀들의 얼굴에는 더할 수 없는 기쁨과 행복감이 가득 떠올라 있었다.

천하의 수백만 무림인들이 목숨을 걸고서 하나만이라도 이루려고 하는 경지를 두 여자는 한꺼번에 세 개씩이나 달성했으므로 지금 당장 죽는다고 해도 여한이 없을 정도로 기쁨에 넘쳤다.

아까 임독양맥이 소통되기 전에는 그것을 이루려는 너무도 간절한 소망 때문에 진천룡의 종이 되려고 했었다.

그러나 그 모든 것들을 이룬 지금은 설명할 수 없을 정도로 감사한 마음으로 기꺼이 죽을 때까지 진천룡의 종이 될 것을 맹세했다.

"주인님……"

"주인님……"

한하려와 소가연은 눈물을 글썽이면서 진천룡을 바라보며 말을 잇지 못했다.

진천룡은 빙그레 미소 지으며 한하려를 보았다.

"이제야 너한테 하대를 해도 마음이 편하구나."

한하려는 그의 말을 이해하지 못했다.

"주인님, 그게 무슨 말씀이신가요?"

진천룡은 미소 지으며 두 여자에게 말했다.

"너희들 서로 얼굴을 한번 봐라."

두 여자는 그의 말대로 서로의 얼굴을 쳐다보았다.

"앗!"

"아아……!"

다음 순간 그녀들은 화들짝 놀라서 탄성을 터뜨렸다.

"어머니……."

"연아, 네 얼굴이……."

그도 그럴 것이, 한하려는 이십오륙 세의 젊은 여자의 얼굴을 하고 있으며, 소가연은 십칠팔 세 소녀의 모습이 되었기 때문이다.

소가연이 발딱 일어나서 침상에서 내려와 침상 옆의 작은 탁자 위에 있는 동경(銅鏡:거울)을 들고 돌아왔다.

그녀가 뛰어오자 육감적인 몸이 파도처럼 출렁였지만 개의치 않았다.

그녀는 한하려에게 동경을 내밀었다.

"어머니, 동경을 보세요……! 어머니께서 이십 대로 젊어지셨다니까요?"

"설마……."

한하려는 반신반의하는 표정으로 동경에 얼굴을 비춰보다가 혼비백산했다.

"아아… 어떻게 이럴 수가……."

진천룡은 미소 지으면서 설명했다.

"너는 공력이 삼백육십 년 수준에 이르러서 반로환동은 아니지만 그와 비슷한 현상이 발생한 것이다."

"아아… 그런가요?"

한하려는 믿어지지 않는다는 듯 동경 속 자신의 얼굴을 뚫어지게 들여다보면서 이리저리 쓰다듬었다.

그러다가 퍼뜩 정신을 차리고 동경을 소가연에게 내밀었다.

"연아, 네 얼굴도 변했으니 보려무나."

"그래요?"

소가연은 설레는 마음으로 동경을 들여다보다가 소스라치게 놀랐다.

"아아… 제가 어린 소녀가 됐어요……."

진천룡은 빙그레 웃으면서 말했다.

"봐라, 얼굴뿐만 아니라 몸도 젊고 어려졌다."

그 말에 한하려는 자신의 몸을 내려다보다가 눈을 커다랗게 뜨며 놀랐다.

"어머? 정말이에요……! 제 가슴이……."

그녀는 감탄을 터뜨리다가 얼른 손으로 입을 막고 부끄러운 듯 진천룡을 바라보았다.

진천룡은 소가연의 손에서 동경을 받아 들고는 껄껄 웃으며 돌아섰다.

"하하하! 잠깐 다녀올 테니까 옷 입어라."

탁!

진천룡이 나가자 한하려와 소가연은 격한 표정으로 서로를 바라보다가 와락 포옹을 했다.

"연아!"

"어머니……!"

두 여자는 서로를 안고 기쁨의 울음을 터뜨렸다.

"그만해라."

진천룡의 말에 화운빙은 운공조식을 끝내고 눈을 떴다.

"휴우……."

"옷 입어라."

그렇지만 화운빙은 옷 입을 생각은 하지 않고 크게 놀라는 표정으로 말했다.

"주인님, 대체 천첩이 어떻게 된 건가요?"

"뭐가 말이냐?"

"운공조식을 해봤더니 천첩의 공력이 엄청 급증한 것 같아요. 그런데 어느 정도인지 모르겠어요……."

공력이 두 배쯤 증진됐다면 자신의 공력 수위를 가늠할 수 있었을 것이다.

그런데 무려 세 배하고도 이십 년이나 더 급증했으니 그녀로서는 감을 못 잡는 것이 당연하다.

"내가 진단해 보니까……."

"얼마예요?"

화운빙은 귀를 쫑긋 세웠다.

"사백칠십 년쯤 되는 것 같더라."

"농담하지 마시고요."

"나는 농담할 줄 모른다."

"……"

화운빙은 멍한 표정으로 진천룡을 바라보았다.

잠시 후에 정신이 조금쯤 돌아온 그녀가 더듬거렸다.

"저… 정말인가요?"

"그래, 사백칠십 년 공력에 반로환동 경지에 올랐다."

"……"

화운빙은 또 멍청해졌다.

자신이 사백칠십 년 공력이라는 사실을 믿으려고 안간힘을 쓰고 있는데 또다시 '반로환동'이라는 어마어마한 숙제가 던져진 것이다.

십칠 세 어린 소녀의 외모를 한 아름다운 화운빙은 커다랗고 매혹적인 눈을 깜빡거리면서 진천룡을 바라보았다.

"주인님, 정말인가요?"

"정말이다."

슥!

진천룡은 갖고 온 동경을 그녀의 얼굴 앞에 들이밀었다.

"자, 봐라."

동경 속에 나타난 아리따운 십칠 세 소녀의 모습을 본 그녀는 좌우를 둘러보았다.

자기 말고 다른 소녀가 주위에 있어서 동경에 비친 것 같았기 때문이다.

화운빙은 이곳에 여자는 자신밖에 없다는 사실을 확인하고 나서 진천룡이 들고 있는 동경을 뺏어 두 손으로 잡고 그 속으로 들어가려는 듯 동경에 비친 어린 소녀의 모습을 쏘아보았다.

그녀는 한참이 지나서야 쥐어짜듯이 중얼거렸다.

"이… 얼굴은 천첩의 어린 시절 모습이에요……."

그녀의 두 눈에서 감격의 눈물이 방울방울 흘러내렸다.

"저에게 이런 엄청난 행운이 찾아오다니 믿어지지가 않아요… 꿈만 같아요……."

그녀는 진천룡을 바라보았다.

"주인님께 뭐라고 말씀을 드려야 할지 모르겠어요……."

진천룡은 손을 저었다.

"그런 거 필요 없고 말만 잘 들으면 된다."

"당연하죠. 지금 주인님을 향한 천첩의 심정을 만분지 일도 표현할 수가 없어요……."

그녀는 동경을 내려놓으며 쓸쓸한 표정을 지었다.

"천첩이 임자 있는 몸만 아니었다면……."

진천룡은 의아한 표정을 지었다.

"너, 혼인했느냐?"

"아니에요. 홀몸입니다."

"그런데 임자 있는 몸이라는 건 무슨 뜻이냐? 정인이 있는 것이냐?"

"네⋯⋯."

진천룡은 고개를 끄떡였다.

"그렇구나."

그는 화운빙이 혼인을 했든 임자가 있든 별로 관심이 없다.

그러나 화운빙은 자신이 진천룡에게 매인 몸이므로 비밀이 없어야 한다고 믿었다.

"그는 삼절사존이에요."

진천룡은 의아한 표정을 지었다.

"훈용강 말이냐?"

"네⋯⋯."

"용강이 너의 정인이라는 말이냐?"

"그렇습니다."

진천룡은 문득 어젯밤에 술 마실 때 훈용강에게 들은 말이 생각났다.

"용강은 네 정인이 아니다."

"그게 무슨 말씀이신가요?"

＊　　　　＊　　　　＊

진천룡은 빙그레 웃었다.

"너, 일 년 반 전에 용강에게 제압되어 벌거벗겨진 적이 있었다면서?"

화운빙은 입술을 삐죽거렸다.

"그 사람이 그러던가요?"

"용강이 말하지 않았으면 내가 어떻게 알겠느냐?"

"그 사람이 뭐라고 하던가요?"

"널 골려줄 생각으로 벌거벗겨서 객잔 침상에 내버려 두고는 도망쳤다더구나."

화운빙은 깜짝 놀라는 표정을 지었다.

"단지 그것뿐이라고 말하던가요?"

"그럼 뭐가 더 있겠느냐?"

"그가 저를… 하지 않았나요?"

진천룡은 의아한 표정을 지었다.

"뭘… 해?"

화운빙은 머뭇거렸다.

"그… 거요."

그녀는 눈앞에 서 있는 진천룡의 아랫도리 중요한 부위를 쳐다보았다.

진천룡은 그녀의 시선을 따라서 자신의 그곳을 보고는 그녀의 말뜻을 이해했다.

"아……! 용강은 너에게 아무 짓도 하지 않았다더군. 단지 골탕을 먹이고 싶었다는 거야."

화운빙은 그렇게 말하는 진천룡의 얼굴이 붉어진 것을 놓치지 않았다.

"그… 래요?"

"어험! 너 아까 내가 벌모세수 해줄 때 살펴보니까 아직 순결지신이더군."

진천룡의 얼굴이 조금 더 붉어졌다.

화운빙은 눈을 커다랗게 떴다.

"그… 런 것도 알 수 있어요?"

"그럼. 뭐, 그까짓 거 간단하지… 험! 어험!"

진천룡은 마구 헛기침을 해댔다. 알아내려고 해서 안 게 아니라 벌모세수를 하던 중에 아랫배로 손이 갔을 때 자궁의 상황을 우연히 알게 됐던 것이다.

화운빙은 그를 말끄러미 바라보았다.

"주인님, 그런데 왜 얼굴이 빨개지셨어요?"

"내… 내가 말이냐?"

그렇지만 화운빙 얼굴은 진천룡보다 더 빨갰다. 그녀는 용기를 내서 물었다.

"주인님 숫총각이시죠?"

"……."

진천룡은 심장에 창이 푹! 꽂힌 것 같은 기분이 들어서 말문이 막혔다.

화운빙은 진천룡이 부끄러워하는 표정과 행동을 보고 그가 정사 경험이 없는 숫총각이라고 확신했다.

그녀는 진천룡이 언제나 좌우에 천하절색의 미녀 두 명을 대동하고 있어서 그녀들과 깊은 관계일 것이라고 추측했었는데 이제 보니까 그게 아니었다.

그녀는 자신이 훈용강에게 겁탈당한 것이 아니라 여전히 순결지신이며, 더구나 진천룡마저 숫총각이라는 사실에 입이 귀에 걸렸다.

이유는 모르지만 하여튼 좋았다.

화운빙은 진심 어린 표정을 지으며 한 자 한 자 또박또박 힘주어 말했다.

"주인님, 천첩 죽을 때까지 목숨을 걸고 주인님께 충성을 다할 거예요."

진천룡은 고개를 끄떡였다.

"알았다."

아까까지만 해도 화운빙은 진천룡에게 아무런 감정도 없었지만 불과 몇 시진 만에 진천룡은 그녀의 하늘이 되었다. 그럴수밖에 없는 상황이었다.

"주인님께 너무나 고마워서 표현할 방법이 없어요……!"

진천룡은 화운빙이 십칠 세 소녀로 어려진 탓에 이제는 부옥령처럼 만만하게 보여 그녀의 머리를 쓰다듬었다.

"괜찮다."

하늘 같은 대은을 베푼 진천룡이 머리를 쓰다듬자 화운빙은 갑자기 울컥 감동이 솟구쳐서 두 팔로 와락 그를 끌어안으며 울음을 터뜨렸다.

"우와앙! 천첩 정말 잘할게요, 주인님……!"

반로환동으로 어린 소녀 모습이 된 그녀는 우는 것도 아이 같았다.

진천룡은 서 있는 자신의 복부에 얼굴을 묻은 채 울고 있는 화운빙의 등을 다독였다.

취봉문 중앙 전각인 취봉각 어느 방바닥에 그동안 한하려를 돌봤던 여의원이 엎어진 채 축 늘어져 있다.

그녀는 조금 전까지 부옥령에게 분근착골수법의 고문을 당하고는 자신이 알고 있는 것들을 죄다 실토했다.

여의원은 요계의 요녀였으며 자신이 소속된 부서의 직속 상전인 요마령(妖魔靈)의 명령으로 취봉문의 여의원으로 행세하면서 태상문주인 한하려에게 사흘에 한 번씩 구유사혼요혈정점혈수법을 펼쳤었다.

구유사혼요혈정은 정확하게 만 사흘이 지나면 자연적으로 풀리기 때문에 사흘에 한 번씩 계속해서 점혈을 해줘야만 하는 것이다.

취봉문에는 원래 상주하는 여의원이 있었는데 요녀가 여의원을 죽이고 얼굴 가죽 즉, 인피를 벗겨서 변장을 한 채 여의원 행세를 해왔다고 한다.

요녀가 제압당한 상태가 아니었다면 몇 가지 요술(妖術)을 부리면서 저항했겠지만, 그렇다고 해도 부옥령을 어쩌지는 못했을 것이다.

진천룡 왼쪽에 서 있는 부옥령이 요녀를 주시하며 말했다.

"향유원(鄕儒院)이라고 했죠?"

진천룡은 고개를 끄떡이며 물었다.

"그래. 요계가 검황천문을 돕는 것인가?"

"그런 것 같아요."

부옥령이 공손히 대답하고는 말을 이었다.

"동방장천의 사부 마누라가 요천여황 자염빙이니까 요계가 검황천문을 돕는 게 당연하지 않겠어요?"

실내에는 진천룡과 부옥령, 그리고 한하려, 소가연, 화운빙, 취봉이검, 취봉삼검이 요녀를 중심으로 둘러서 있다.

부옥령은 진천룡에게 건의했다.

"향유원에는 요마령이 있을지도 몰라요. 그렇다면 가서 끌고 와야죠?"

"요마령이 뭐냐?"

"요계의 중간 지도자예요. 일반 방파로 치면 당주급이죠. 요계 즉, 요천사계(妖天邪界)에는 이십사 명의 요마령이 있으며 휘하에 네 명의 요사단(妖邪丹)과 사십 명의 요녀들을 거느리고 있어요."

부옥령은 모르는 것이 없다. 이곳에 있는 사람들은 그녀가 말한 내용을 오늘 처음 들었다.

진천룡은 고개를 갸웃거렸다.

"요계가 거대한 줄 알고 있는데 단지 요천여황이 동방장천의 사모라는 이유 하나만으로 검황천문을 돕는다는 것은 뭔가 부족한 것 같다."

부옥령은 아미를 찡그렸다.

"주군의 말씀을 듣고 보니까 정말 그렇군요. 더구나 요천여황 자염빙이 죽은 마당에 요계가 여전히 개입하고 있다는 사실은 이상하긴 해요."

한하려는 자신이 대화에 끼어도 되는지 어떤지 잠시 가늠하다가 조심스럽게 입을 열었다.

"지금껏 복건성에는 요천사계가 준동한 적이 거의 없었어요. 요천사계는 이득이 없는 곳에는 절대로 개입하지 않는 것으로 유명해요."

부옥령은 고개를 끄떡였다.

"그건 네 말이 맞다. 요천사계는 의리나 의협, 약속 같은 것들을 따지지 않고 오로지 이득이 되는 일에만 개입하지."

"그렇다면……."

진천룡이 면도를 하지 않아서 까슬까슬해진 턱을 쓰다듬으며 말했다.

"혹시 복건성의 상납금을 요천사계가 가져가는 것은 아닐까 싶은데……?"

부옥령과 한하려 등은 깜짝 놀라며 표정이 변했다.

진천룡은 부옥령과 한하려 등을 둘러보며 말을 이었다.

"어쩌면 이 일에 검황천문이 개입되지 않았을지도 모르는 일이다."

"설마……."

한하려와 소가연은 뒤통수를 둔기로 호되게 얻어맞은 표정을 지었다.

"그럴 리 없을 거예요."

소가연의 말에 진천룡이 물었다.

"왜 그렇게 생각하는 거지?"

"우리가 직접 검황천문에 상납금을 넘겨주거든요."

"그래?"

진천룡은 고개를 갸웃거렸다.

"그럼 내가 잘못 짚은 건가?"

동이 트기 직전에 진천룡 일행은 복주 성내 번화한 거리에 위치한 향유원에 당도했다.

아직 사방이 컴컴하기에 진천룡 일행은 향유원 담을 넘어 안으로 진입했다.

스슷…….

진천룡과 부옥령, 한하려, 소가연, 화운빙 다섯 사람은 깃털처럼 가볍게 땅에 내려서며 주위를 둘러보았다.

그런데 그들이 땅을 딛는 순간 갑자기 땅이 씻은 듯이 사라지더니 바닥이 보이지 않는 까마득한 허공이 나타났다.

"앗!"

깜짝 놀란 소가연이 짤막한 비명을 질렀고, 진천룡과 한하려, 화운빙 모두 움찔 놀랐다.

유일하게 놀라지 않은 부옥령이 한쪽 방향으로 쏘아가면서 전음을 했다.

[요이계(妖異界)예요. 땅을 딛지 말고 날 따라오세요.]

진천룡을 비롯한 세 여자는 '요이계'가 뭔지 모르지만 일단 부옥령을 따라 쏘아갔다.

모두들 땅을 딛지 않았다. 땅을 딛기 직전에 방향을 꺾어 부옥령을 따라간 것이다.

쏘아가는 다섯 사람 수백 장 아래에는 언제 나타났는지 시퍼런 파도가 넘실거리는 드넓은 바다가 펼쳐졌다.

"아아……"

"이… 이게 어떻게 된 거죠……?"

소가연과 화운빙이 아래를 보면서 아연실색한 표정으로 신음을 토해냈다.

부옥령은 속도를 조금 늦춰서 진천룡의 손을 잡고는 전음으로 세 여자를 꾸짖었다.

[환상일 뿐이니까 겁먹지 마라! 설혹 저게 진짜라고 해도 너희 세 명은 땅을 딛지 않고 한나절 동안 수백 리를 비행할 수 있는 능력이 있다!]

그제야 세 여자는 자신들의 공력이 적게는 삼백오십 년에서 많게는 사백칠십 년이 되었다는 사실을 깨달았다.

꾸와악—!

그때 그들의 머리 위에서 괴음이 터졌다.

고개를 들고 올려다보던 진천룡 등은 움찔 놀랐다.

위쪽 상공에서 집채만 한 크기의 시커먼 괴조(怪鳥) 수백 마리가 하늘을 온통 뒤덮은 채 쏘아 내리고 있었다.

거리는 불과 십여 장이며 괴조의 강철 같은 날카로운 부리와 발톱이 번쩍거렸다.

진천룡은 눈살을 찌푸렸다.

[저것도 환상이냐?]

[네, 주군. 하지만 가만히 있다가 저놈들에게 쪼이거나 발톱에 차이면 금강불괴지신이 아닌 이상 몸이 찢어지고 사지가 떨어져 나갈 거예요.]

[환상이라면서 어떻게…….]

진천룡은 말하다가 지금은 그게 중요하지 않다는 사실을 깨달았다.

지금 이런 상황에 대해서 경험이 있는 사람은 부옥령 혼자뿐이라서 어쨌든 그녀를 믿어야만 한다.

부옥령은 심안(心眼)을 일으키며 진천룡에게 전음했다.

[주군, 심안을 일으키세요!]

진천룡은 의아한 생각이 들었다.

[지금 왜 심안이 필요한 것이냐?]

진천룡의 심안은 사람의 눈을 통해서 몸속을 보거나 마음을 읽는 능력인데 어째서 그것을 지금 일으키라는 것인지 모를 일이다.

괴조 수백 마리가 이미 지척까지 쇄도해서 쏘아 내리고 있는 상황이라서 부옥령은 속이 바짝 탔다.

만약 묻는 사람이 진천룡이 아니라 다른 사람이었다면 그녀의 입에서 불길이 뿜어졌을 터이다.

[심안으로 멀리 보세요!]

[멀리 봐서 뭘 찾는 거냐?]

[수상한 걸 찾아요! 요이계를 펼치고 있는 요녀나 요마들이 있을 거예요!]

[알았다.]

부옥령은 이번에는 한하려와 소가연, 화운빙에게 재빨리 명령했다.

[너희들은 위로 상승하여 호신막을 우산처럼 펼쳐서 주군을 보호해라!]

세 여자는 부옥령의 말이 떨어지자마자 진천룡 위로 둥실 떠올랐다.

[호신막은 어떻게 펼치죠?]

소가연이 다급히 물었다. 임독양맥이 소통되기 전에 그녀들의 공력은 백오십 년 안팎이었으므로 호신막이나 호신강기를 펼치지 못하는 수준이었다.

그래도 그녀들이 영특한 이유는 부옥령이 시키는 대로 진천룡 머리 위쪽으로 떠올랐다는 사실이다.

[주군을 몸으로 감싸고 등에서 공력을 일 장까지만 발출하여 응결시켜라!]

진천룡과 부옥령이 심안을 일으켜서 요이계를 펼치고 있는 요녀나 요마를 찾아내서 처리하는 동안 안전해야 한다.

한하려, 소가연, 화운빙 세 여자는 즉시 진천룡 등에 달라붙으면서 등에서 공력을 뽑어냈다.

후우웅!

그녀들은 극도로 긴장한 채 등에서 뽑어낸 공력을 일 장 거리에서 응결시키려고 애썼다.

그 순간 괴조 수백 마리들이 무지막지하게 들이닥쳤다.

꾸와아악!

第百四十七章

아미(雅迷)

길이가 석 자나 되는 괴조들이 뾰족한 주둥이와 비수처럼 날카로운 발톱으로 호신막을 한꺼번에 마구 두드렸다.

아니, 그것은 충돌에 가까웠다.

콰콰콰콱! 쿠쿠쿠쿵!

"아악!"

"아으흑……!"

괴조들이 호신막을 두드리는 엄청난 충격에 세 여자는 온몸이 찢어지는 고통을 느끼며 신음을 터뜨렸다.

진천룡과 부옥령은 심안으로 재빨리 주위를 둘러보면서 이상한 것을 찾으려고 애썼다.

그 상황에도 괴조들이 계속해서 호신막에 충돌했다.

콰콰콰콰콱!

"악!"

호신막이 터질 듯이 출렁거렸고 그 충격이 진천룡과 부옥령에게도 고스란히 전해졌다. 앞으로 몇 번 더 충돌하면 호신막이 터질 것 같았다.

하지만 진천룡은 심안을 일으켜서 수상한 것들을 찾아내느라 그런 상황을 전혀 모르고 있다.

그때 위를 쳐다보던 화운빙이 뾰족한 비명을 질렀다.

"앗! 저길 봐요!"

한하려와 소가연은 급히 위를 올려다보다가 기겁하며 비명을 냅다 질렀다.

"꺄악!"

"아앗! 저게 뭐예요?"

콰우우우!

처음에 세 여자는 하늘 전체가 온통 시뻘겋게 불타고 있는 것 같은 느낌을 받았다.

하늘을 온통 뒤덮은 수천 개의 커다란 불덩이들이 무서운 속도로 지상을 향해 쏟아지고 있는 것이다.

방금 전까지 호신막에 무섭게 충돌하면서 공격했던 수백 마리 괴조들은 어디론가 감쪽같이 사라졌다.

저 불덩이들 중에 하나라도 충돌하면 호신막 따윈 산산조각이 날 것만 같았다.

한하려와 화운빙이 동시에 외쳤다.

"주인님을 보호해야 돼!"

진천룡 가장 가깝게 있던 소가연이 앞뒤 가릴 것 없이 제일 먼저 그의 등을 와락 껴안았고 한하려와 화운빙이 연이어 양쪽에서 그를 힘껏 껴안으며 전력으로 호신막을 만들어냈다.

그런 결사적인 행동은 자신의 목숨 따윈 안중에도 없으며 오로지 진천룡의 안위만을 생각하는 철저한 희생정신이 없으면 불가능하다.

그것만 봐도 그녀들이 진천룡에게 얼마나 충성을 하는지 짐작할 수 있을 것이다.

쿠콰아아앙!

하나의 크기가 집채만 한 불덩이 수천 개가 점차 가까워지고 있다.

그것들이 쏟아지면서 내는 엄청난 굉음만으로 천지가 뒤집힐 것만 같았다.

부옥령은 이것들이 환상이라고 말했는데 환상이라면 어떻게 괴조가 호신막에 충돌하여 거센 충격을 가할 수 있다는 말인가.

또한 저 집채만 한 크기의 불덩이들은 뭐란 말인가. 저걸 보고도 환상이라고 할 수 있다는 말인가.

하지만 진천룡과 부옥령 눈에는 괴조들이나 불덩이들이 보이지 않았다.

두 사람은 지금 심안을 일으킨 상태에서 주위를 살피고 있기 때문이다.

심안은 육안으로 볼 수 없는 것을 보되 육안으로 보는 것을 보지 못한다.

또한 심안은 요이계를 구석구석 꿰뚫어 보지만 지금 무슨 일이 벌어지고 있는지는 모른다.

지금 진천룡과 부옥령에게는 주위가 칠흑 같은 암흑으로만 보일 뿐이다.

'저것!'

그때 진천룡은 좌측 오십여 장 거리에서 하나의 흐릿한 물체를 발견했다. 시력을 돋우어 자세히 보니 피처럼 붉은 홍의 경장을 입은 여자가 어느 전각 지붕에 납작하게 엎드린 자세로 다각(多角)의 뾰족뾰족한 기구를 하늘을 향해 뻗고 있었다.

칠팔 개의 뾰족한 뿔이 달린 다각으로 하늘의 어떤 방위를 가리켜서 결계 즉, 요이계를 전개하고 있는 것 같았다.

원래 육안으로는 그 여자의 모습이나 그녀가 하늘을 향해 뻗고 있는 다각의 기구도 보이지 않는다. 그녀 주위에 결계의 은폐막이 쳐져 있기 때문이다. 심안을 일으키지 않았으면 그녀를 발견하지 못했을 것이다.

진천룡은 그녀를 발견한 즉시 요녀라고 판단하여 손을 뻗어 순정강을 발출했다.

고오—

순정강은 흐릿한 백색 빛줄기를 그으면서 일직선으로 날아가 요녀의 머리를 관통했다.

퍽!

요녀의 상체가 휘딱 젖혀지며 머리 반대편에서 피와 뇌수가 푹! 하고 뿜어졌다.

요녀는 자신을 향해 쏘아오는 순정강을 보지 못했다. 아니, 봤다고 해도 피하지 못했을 것이다. 순정강의 속도는 빛과 동일하기 때문이다.

쩌엉! 쩌쩡!

그때 허공에서 얼음 깨지는 소리가 터졌다.

다음 순간 쏟아지는 불덩이들의 방향이 바뀌었다. 위에서 아래로 쏟아지던 불덩이가 옆으로 날아가기 시작했다.

요이계를 만들어내고 지탱하고 있던 요녀 한 명이 죽었기 때문일 것이다.

"저년!"

그 순간 부옥령은 오른쪽 오십여 장 거리의 어느 전각 지붕에 앉아서 하늘을 향해 다각의 기구를 뻗고 있는 또 다른 요녀를 발견하고 재빨리 손을 뻗어 강기를 발출했다.

쉥—!

퍽!

"끅……"

요녀의 머리가 잘 익은 수박 깨지듯이 작은 폭발을 일으키며 흩어졌다.

쩌쩌쩡!

하늘에서 또다시 얼음 깨지는 음향이 터졌다.

옆으로 날아가던 불덩이들이 사방으로 제멋대로 쏘아가며 흩어졌다.

그러나 여전히 하늘은 제대로 보이지 않고 암흑의 지붕을 뒤집어쓴 듯 온통 새카맣다.

진천룡과 부옥령은 뒤쪽 좌우에서 각각 한 명씩의 요녀를 더 발견하고 한 줄기씩의 순정강과 강기를 발출하여 머리통을 날려 버렸다.

파아아―!

거센 북풍한설이 몰아치는 것 같은 음향이 사위를 휩쓸더니 하늘이 붉게 물들었다.

아침의 붉은 태양이 떠오르면서 동이 터오고 있었다.

조금 전에 죽은 네 명의 요녀가 다각의 기구로 요이계를 만들어내고 있던 것이다.

그때 붉은 여명 아래 향유원의 전경이 드러났다.

네모진 담 안에 네 채의 전각이 옹기종기 모여 있으며 장원의 둘레는 백여 장 정도로 소규모였다.

그런데도 요이계를 그처럼 대규모로 펼칠 수 있었던 이유는 네 명의 요녀가 각각 네 방위의 다른 장원 전각 지붕에서 다각의 기구로 천공의 특수한 방위를 가리키고 있었기 때문이다.

부옥령은 네 채의 전각 중에 한 채를 향해 일직선을 그으며 비스듬히 쏘아갔다.

쉬이이—

다른 세 채의 전각은 비어 있으며 지금 그녀가 쏘아가는 전각 안에서만 기척이 감지됐다.

우지끈!

부옥령은 대전의 닫혀 있는 커다란 문을 산산조각 박살 내면서 안으로 들이닥쳤다.

과아아!

그런데 부옥령이 들어간 곳은 대전 안이 분명한데 거세게 흐르는 급류 속을 거슬러 오르는 상황이 벌어졌다.

물속에서 보이는 것은 대전 실내의 광경이 아니라 강물 속 광경이었다.

요녀들이 또 다른 결계 즉, 요이계를 펼쳐놓은 것이다.

급류 속 사방에서 악어와 상어, 날카로운 이빨을 번뜩이는 거대한 괴어 등 수백 마리가 그녀를 향해 한꺼번에 빠른 속도로 몰려오고 있었다.

하지만 그녀는 눈을 감고 청력을 최대한 돋우었다.

여러 곳에서 기척이 감지되는 순간 그녀는 그것들을 향해 양손을 벌려 손가락에서 지강(指罡)을 뿜어냈다.

쉬잉!

그녀가 발출한 첫 번째 지강 네 줄기가 암중에 숨어서 요이계를 전개하고 있는 요녀 네 명을 정확하게 적중시키고 있을 때 진천룡과 세 여자가 뒤이어서 대전, 아니, 급류 속으로 들이닥쳤다.

부옥령은 두 번째 지강을 뿜어내면서 전음을 보냈다.

[주군은 아래층 좌측을 맡으시고 너희 셋은 이 층을 맡아 적들을 죽여라!]

한하려와 소가연, 화운빙은 자신들이 거세게 흐르는 급류 속으로 뛰어들었다는 사실에 화들짝 놀라서 아주 잠시 갈피를 못잡고 허둥거렸으나 곧이어 다시 들려온 부옥령의 전음에 정신이 번쩍 들었다.

[너희들, 뭐 하느냐? 어서 적들을 찾아내 죽여라!]

세 여자가 진천룡에게서 떨어져 비스듬히 위로 솟구치며 청력을 극대화하자 기다렸다는 듯이 사방에서 수십 개의 기척이 감지되었다.

그때 진천룡의 전음이 세 여자의 고막을 울렸다.

[심안을 일으켜서 찾아내라.]

화운빙이 즉시 물었다.

[어떻게 하는 거죠?]

[공력을 끌어올리면서 눈 안쪽에 있는 제이의 눈으로 마음을 보낸다고 생각해라.]

세 여자는 급히 진천룡이 시키는 대로 했다.

그러나 그녀들은 자신들이 급류 속에 있으며 물속의 사방에서 수백 마리 악어와 상어, 괴어들이 공격해 오고 있는 상황이 허구라는 생각이 들지 않았다.

저것들을 피하지 못하면 몸이 갈가리 찢겨서 죽고 말 것이라는 공포심이 엄습했다.

'아아…….'

입을 찢어질 듯이 크게 벌려 날카로운 이빨을 드러낸 채 덮쳐오는 악어와 상어, 괴어들을 보면서 어린 소가연은 잔뜩 겁을 집어먹었다.

세 여자 중에서 반로환동의 경지에 이른 화운빙이 제일 먼저 심안을 일으켰다.

그 순간 급류는 물론이고 덤벼들던 악어와 상어, 괴어들이 씻은 듯이 사라졌다.

아니, 그것들을 보지 못하는 것이다. 심안이 환상을 깨뜨렸기 때문이다.

그와 동시에 대전의 이 층 난간에 이삼십 명의 홍의를 입은 여자들이 대전 복판을 향해 두 손을 뻗은 채 입으로 뭐라고 중얼거리고 있는 광경이 보였다. 아마 주문을 외우는 것 같았다.

그녀들이 요이계 속의 급류와 악어, 상어, 괴어들을 만들어내고 있는 것이다.

'무엇으로 저것들을 제압하지?'

화운빙은 공력만 반로환동의 경지에 올랐을 뿐이지 그 엄청난 공력을 사용할 절학을 배우지 않았다.

그녀는 다급히 진천룡에게 전음을 보냈다.

[주인님! 어떻게 공격을 하죠?]

진천룡에게서 즉각 대답이 왔다.

[공력을 끌어올려서 적들이 있는 방향으로 손을 뻗고 아무 초식이나 전개해라.]

조금도 까다롭지 않고 식은 죽 먹기보다 쉽다.

화운빙은 진천룡이 시키는 대로 공력을 극한으로 끌어올리면서 난간의 홍의녀들을 향해 오른손을 뻗고 자신이 평소에 가장 즐기는 초식, 금정산수(金頂散手)를 전개했다.

하지만 그 순간 그녀는 아차! 하는 생각이 들었다. 원래 금정산수는 일 장 이내 지척에 있는 적을 상대할 때 사용하는 수법 즉, 백타(白打)무공이다.

그런데 무려 칠팔 장 거리의 적들에게 전개했으니 허탕만 칠 것이 뻔하다고 생각했다.

그런데 그때 놀라운 일이 벌어졌다.

쩌러렁!

화운빙의 손끝에서 하얀 매화 꽃잎 같은 것 십여 개가 반짝거리면서 빛처럼 쏘아나갔다.

꽈드드등!

빛은 그녀가 손으로 가리킨 방향의 좌우 십여 장를 통째로 날려 버렸다.

난간과 홍의녀 십여 명이 갈가리 찢어지고 조각조각 나서 한 무더기가 되어 버렸다.

화아악!

그 순간 대전을 가득 채우고 콸콸거리면서 거칠게 흐르던 급류와 짐승들이 한꺼번에 사라지고 대전 안 원래의 모습이 나타났다.

본래의 모습이 드러난 대전은 바닥 여기저기가 뚫려 있으며 벽과 난간도 여러 곳이 부서져 있었다.

부옥령은 수직으로 솟구쳐 올라 천장을 뚫었다.

픽!

그사이에 진천룡은 대전 일 층의 홍의녀들을 다 죽였고, 화운빙은 금정산수의 수법으로 이 층의 나머지 홍의녀들을 깡그리 도륙했다.

화운빙이 눈 두 번 깜빡할 사이에 삼초식만으로 이층 난간의 홍의녀 이십오 명을 모두 죽이는 동안 한하려와 소가연은 한 명도 죽이지 못했다.

부옥령은 지붕까지 뚫고 튀어 올랐다가 전각 옆 땅으로 하강하는데 한 여자의 목을 손으로 움켜잡고 있다.

그녀는 땅에 내려서기도 전에 손에 쥐고 있는 여자를 팽개치듯 내던졌다.

*　　　　*　　　　*

여자는 땅바닥에 패대기쳐져서 두어 번 데구르르 구르다가 멈추었다. 흙투성이가 되어 하늘을 보고 누운 채 사지를 벌리고 있는 모습이다.

부옥령은 대전 안 천장 속에 누군가 있는 것을 감지하고 제압해 온 것이다.

진천룡과 세 여자가 대전에서 나와 다가오자 부옥령이 세 여자에게 지시했다.

"너희들은 장원 내의 다른 전각과 주변을 살펴봐라."

그녀들은 즉시 세 방향으로 흩어져서 쏘아갔다.

땅바닥의 여자를 굽어보던 부옥령은 자신의 옆으로 다가오는 진천룡에게 말했다.

"취봉문에 요계 끄나풀이 있었나 봐요."

진천룡은 고개를 끄떡였다.

"그런가?"

"그렇기 때문에 이것들이 미리 준비하고 우릴 기다리고 있었던 거예요."

그때 한하려와 소가연, 화운빙 세 여자가 돌아와 진천룡 좌우에 나란히 섰다.

"아무도 없어요."

부옥령은 그럴 것이라고 예상했었기에 그다지 이상하게 여기지 않고 쓰러져 있는 여자에게 손을 뻗었다.

스으…….

그녀는 접인신공으로 여자를 일으켜서 앉히고는 아혈을 풀어주었다.

다른 요녀들은 홍의 경장을 입고 있었는데 이 여자는 자색 상의에 연분홍 치마 차림이었다.

부옥령은 요천사계가 복장으로 지위를 나타낸다는 사실을 알고 있었다.

이십이삼 세 정도로 보이는데 뜻밖에도 매우 청순하고 앳된 외모를 지녔다.

부옥령이 냉랭하게 물었다.

"너, 요마령이냐?"

여자는 눈을 치뜨고 표독한 표정을 지었다.

"개소리 집어치우고 어서 죽여라."

기세가 대단한 여자다. 과연 요천사계의 요마령답다.

부옥령은 차분하게 말했다.

"너를 죽이는 게 제일 쉽기는 하지만 몇 가지 사실을 알아내기 전에는 쉽게 죽이지 않을 거야."

여자는 눈을 새파랗게 뜨고 악을 썼다.

"아가리 닥쳐라!"

악을 쓰는 것 자체가 두렵다는 뜻이다. 개가 바락바락 짖어 댈 때 꼬리는 다리 사이로 감추고 있는 것과 같은 이치다. 겁나지 않으면 잠자코 있는 법이다.

"너에게 분근착골수법을 쓸 수도 있고, 그다음에는 팔다리를 떼어낸 후에 눈을 파내고 귀를 자를 수도 있으며, 아주 간단하게 네 정신을 제압해서 실토하게 만들 수도 있어. 그중에서 골라봐라."

"이이… 가랑이를 찢어버리겠다……!"

여자는 청순한 용모와는 달리 입이 거칠었다.

그 때문에 부옥령의 분노를 샀다.

"우선 몇 대 맞아라."

부옥령은 조용히 말하고는 발끝으로 여자의 앙가슴을 가볍게 툭 걸어찼다.

팍!

"아흑!"

앉아 있던 여자는 뒤로 발랑 자빠져서 등을 땅에 대고 있지만 여전히 책상다리 자세를 유지하고 있다.

그 바람에 치마가 훌러덩 벗겨져서 하체가 고스란히 드러난 민망한 모습이 되었다.

"끄으으……"

부옥령은 방금 일격에 한 움큼의 공력도 주입하지 않았으나 그녀의 발끝이 적중한 여자의 중요 대혈에서 수십 가닥의 힘이 전신으로 한꺼번에 뿜어져서 특수한 혈도들을 정확하게 찍었다.

여자는 전신의 혈맥과 심맥들이 모조리 금이 갔다가 서서히 찢어지는 고통을 맛보고 있다.

사실 이것은 분근착골수법보다 고통이 더했으면 더했지 못하지 않았다.

여자는 책상다리 자세로 쓰러진 채 눈을 허옇게 까뒤집고 입술이 파르르 떨리면서 숨넘어가는 고통에 빠졌다.

"끄으으으……."

여자는 자신이 이날까지 겪어본 그 어떤 고통이라고 해도 이것에는 만분지 일에도 미치지 못할 것이라고 생각했다.

여자의 전신 혈맥과 심맥이 찢어졌다가 다음에는 온몸의 뼈를 조각내고 근육을 쪼개는 고통이 시작됐다.

"끄으으아아—!"

이런 고통을 한 번 더 당하느니 차라리 죽는 쪽이 훨씬 편할 것 같았다.

부옥령은 여자의 고통이 점차 느슨해지기를 기다렸다가 접인신공으로 그녀를 다시 일으켜 앉힌 다음에 조용한 목소리로 말했다.

"이번에는 그보다 열 배 정도 심한 고통을 맛보여 주마."

"그… 그만……."

팍!

여자가 소스라치게 놀라서 제발 그만두라고 사정을 하려는데 부옥령의 발끝이 두 번째로 그녀의 앙가슴을 조금 전보다 더 가볍게 툭 찍었다.

그리고 이번에는 여자의 몸이 움찔했을 뿐 뒤로 자빠지지 않았다.

부옥령의 말이 틀렸다. 그녀는 여자에게 방금 전보다 열 배

심한 고통을 맛보여 주겠다고 말했는데 열 배가 아니라 천 배는 더한 고통이다.

"끄으으……."

고통이라는 것은 극심할 경우에 오히려 평안함을 주는 경우가 대부분이다.

그게 바로 물극필반(物極必反)인 것이다. 모든 것은 극에 달하면 반드시 반대 현상이 나타난다는 뜻이다.

즉, 고통이 한계를 넘으면 외려 고통을 느끼지 못하고 편안해진다는 얘기다.

그런데 부옥령이 여자에게 가한 두 번째 가격은 첫 번째 것보다 천 배나 고통스러우면서도 물극필반의 현상이 전혀 나타나지 않았다.

여자의 두 눈에서 눈동자가 사라졌으며 혀가 돌돌 말려 목구멍 안으로 들어갔고 오줌을 줄줄 싸버렸다.

여자는 얼마나 고통스러웠으면 비명이나 신음조차 흘려내지 못했다.

한하려와 소가연, 화운빙은 여자가 입에서 게거품을 부글부글 뿜어내면서 몸을 부들부들 떠는 모습을 보면서 온몸에 소름이 쫙 끼쳤다.

세 여자는 요계의 여자가 혼절하지도 못하고 죽지도 못하는 처절한 고통을 받고 있음을 생생하게 느꼈다.

부옥령은 여자의 고통이 다 사라질 때까지 참을성 있게 기다려 주었다.

'이 정도면 됐어'라는 마음 따윈 부옥령에게 없다.

여자의 두 눈에 눈동자가 돌아오자 부옥령이 말했다.

"이번에는 조금 더 고통스러울 것이다."

"아아앗! 잘못했어요! 뭐든지 말씀드리겠어요!"

부옥령은 고개를 가로저었다.

"아니다. 너는 세 번째 고통을 한 번 더 맛봐야지만 정신을
차릴 것이다."

"아닙니다! 잘못했습니다! 죽을죄를 졌습니다! 제발 그만하
세요! 으흑흑흑!"

여자는 피를 토하듯이 울부짖었다.

여자는 요천사계의 스물네 명 요마령 중에 하나인 요마십구
령(妖魔十九靈)이며 이름은 아미(雅迷)라고 했다.

죽는 고통이 어린애 장난처럼 느껴질 정도의 무시무시한 고
통을 두 번 당하고 난 아미는 너무도 순한 양이 되어 묻는 말
에 고분고분 대답했다.

복주에는 아미가 이끄는 요마십구령 사십오 명이 파견을 나
왔으며 취봉문을 담당하고 있었다.

진천룡 등은 아미의 입을 통해서 두 가지 놀라운 사실을 알
게 되었다.

첫째, 취봉문이 복건성 전역에서 거두어 검황천문에 매달 꼬

박꼬박 보내고 있는 상납금은 고스란히 요천사계로 들어가고 있었다.

둘째, 복건성만이 아니라 광동성(廣東省)과 광서성(廣西省) 세 개 성의 상납금이 요천사계로 보내졌었다.

검황천문은 세 개 성에서 거두어들이는 엄청난 거액의 상납금을 요천사계에게 양보하면서도 문제 삼지 않았다.

검황천문의 묵인이 없다면 요천사계는 절대로 그런 짓을 하지 못했을 것이다.

아침이 되었기에 진천룡 일행은 영안루로 갔다.

설옥군은 이미 일어나서 세수를 한 뒤에 차를 마시고 있다가 반갑게 진천룡을 맞이했다.

"천룡!"

설옥군은 찻잔을 내려놓고 미끄러지듯이 진천룡에게 다가오며 환한 표정으로 그를 불렀다.

"옥군."

두 사람은 마주 다가섰다. 설옥군이 그의 품에 가볍게 안기고 진천룡은 그녀의 허리를 살짝 끌어안았다.

두 사람은 주위에 아무도 없는 것처럼 자연스럽게 행동했다.

부옥령은 흐뭇한 미소를 지으면서 지켜보았다.

그녀는 저기 진천룡이 다정하게 포옹하고 있는 여자가 자신인 것 같은 착각에 빠져 고혹적인 미소를 지었다.

그렇게 하는 것은 부옥령 나름의 자위책이다. 설옥군을 부러워해 봤자 안타깝기만 할 뿐이다. 그래서 설옥군이 나겠거니 자위하는 것이다.

그래서 진천룡과 설옥군이 다정할 때에는 아예 그 꼴을 보지 않고 자리를 피하거나 아니면 자신이 설옥군이겠거니 일부러 착각에 빠지기 일쑤다.

진천룡은 설옥군의 허리를 조금 더 바싹 끌어당기면서 정겹게 물었다.

"잘 잤습니까?"

예전에는 지금처럼 두 사람의 몸 앞면이 밀착될 경우 가차 없이 설옥군의 주먹이 튀어나왔었다.

하지만 지금은 그녀도 많이 익숙해졌는지 아니면 그를 더 사랑하게 되어서 그러는지 잠자코 있는 편이다.

설옥군은 그의 가슴에 뺨을 대고 소곤거렸다.

"당신이 나가는 줄도 몰랐어요."

진천룡은 빙그레 미소 지었다.

"옥군이 깰까 봐 도둑고양이처럼 나갔습니다."

그는 기분이 좋아져서 감히 손을 내려 설옥군의 엉덩이를 슬며시 어루만졌다.

설옥군 뒤쪽에 혼자 서 있는 부옥령이 그걸 보고는 눈이 샐쭉해졌다.

엉덩이를 만지는데도 가만히 있는 설옥군 때문에 부옥령은 샘이 나서 눈이 샐쭉해졌다.

부옥령이 보기에 요즘 설옥군이 이상해졌다. 얼마 전까지만
해도 진천룡이 저런 짓을 하면 그길로 황천행이었는데 어째서
지금은 가만히 있는 것인지 모를 일이다.

설옥군이 진천룡을 좋아하는 것은 알고 있었는데 이제는 사
랑으로 발전한 것 같았다.

어쨌든 부옥령은 진천룡이 설옥군의 엉덩이를 만지는 짓을
그만두게 해야겠다고 판단했다.

"너희들, 소저께 인사드려라."

한하려와 소가연, 화운빙이 일제히 부복했다.

"소저를 뵈옵니다!"

여기까지 오면서 그녀들은 부옥령에게 설옥군에 대해서 설
명을 들었다.

진천룡으로서는 그녀들이 인사를 하고 있는데 설옥군의 엉
덩이를 만지고 있을 수 없는 노릇이다.

설옥군은 부복한 세 여자를 굽어보며 물었다.

"그대들은 누군가요?"

한하려가 대표로 대답했다.

"저희들은 주인님의 종입니다."

설옥군은 방그레 미소 지었다.

"이 사람을 잘 부탁해요."

진천룡과 설옥군, 부옥령 등의 아침 식사를 위해서 복주 최고의 주루 겸 기루인 영안루의 주방장과 숙수들이 총동원되어 최고급 요리를 만들었다.

진천룡 일행은 영웅문을 떠난 이후 오랜만에 모두 모여서 식사를 했다.

식사가 시작되기 전에 부옥령은 미리 한하려와 소가연, 화운빙에게 진천룡과 같이 식사를 해야 한다는 사실을 강력하게 주지시켰다.

진천룡은 식사 시간만큼은 지위의 고하 구분 없이 한자리에 앉아서 먹고 마시는 것을 좋아한다.

그러니까 너희들도 주인님과 동석하여 식사를 하되 그에 맞는 예절을 지켜야 한다고 말이다.

시간이 촉박해서 구체적으로 예절을 어떻게 지켜야 하는지는 설명하지 못했지만 그 정도는 그녀들이 알아서 잘할 거라고 부옥령은 믿었다.

늘 그렇듯이 진천룡 좌우에 설옥군과 부옥령이 앉았고 그 양쪽에 청랑과 은조, 훈용강이, 그리고 맞은편에 한하려와 소가연, 화운빙이 앉았다.

진천룡과 설옥군, 부옥령은 아침 식사인데도 개의치 않고 술을 마셨다.

세 사람은 워낙 술을 좋아하니까 시간에 구애받지 않고 마시고 싶으면 아무 때나 마셨다.

문득 진천룡이 생각난 듯이 소가연에게 물었다.

"취봉문이 복건성 전역에서 궁핍한 백성들을 구제했다던데 그게 사실이냐?"

소가연은 공손히 고개를 숙였다.

"네, 사실입니다."

"복건성 전역 육백여 방파와 문파들에게서 돈을 거둬 전부 상납한 것이 아니냐?"

"전부 상납했어요."

진천룡은 의아한 표정을 지었다.

"그럼 무슨 돈으로 백성들을 구제했다는 말이냐?"

"저희 돈을 사용했어요."

"너희 돈?"

"본문은 복건성과 광서성, 절강성과 그 밖의 지역에서 여러 개의 사업체를 운영하고 있어요. 거기에서 얻는 수입으로 백성들을 구제하는 겁니다."

진천룡은 고개를 크게 끄떡였다.

"그랬었구나."

第百四十八章

우내십절(宇內十絶)

화운빙이 나섰다.

"본문은 원래부터 복건성의 백성들을 구제했었는데 상납금
을 걷기 시작하면서부터는 백성 구제를 예전보다 열 배 이상
확대했어요."

진천룡이 정곡을 찔렀다.

"상납금을 걷는 것에 대한 미안함 때문이냐?"

화운빙은 얼굴을 붉혔다.

"네."

"검황천문에 주는 상납금과 백성을 구제하는 데 사용하는
금액 중에 어느 것이 크냐?"

화운빙은 그런 말 하지 말라는 듯 손을 저었다.

"당연히 상납금이 훨씬 더 크지요. 백성을 구제하는 비용이 더 컸다면 돈을 걷지 않고 백성을 구제할 돈으로 상납을 했을 거예요."

"어느 정도냐?"

"상납금은 은자 천만 냥 정도이고 백성 구제금은 은자 이백만 냥 정도예요."

"취봉문이 벌어들이는 수입 중에서 얼마나 백성 구제금으로 사용하느냐?"

"수입금 전액을 사용하고도 모자란 형편이에요."

진천룡은 의아한 표정을 지었다.

"수익금 전액을 백성 구제에 사용하다니, 어째서 그렇게까지 하는 것이냐? 그것도 미안함 때문이냐?"

"네."

진천룡은 어이없는 표정을 지었다.

"너희들도 참 어지간하다."

세 여자는 의아한 표정을 지었다.

"왜요?"

"뭐가 어지간한 거죠?"

"지나치게 착하다는 뜻이야."

소가연은 씁쓸한 표정을 지었다.

"그렇게 해서라도 속죄를 하고 싶었어요. 제일 좋은 방법은

육백여 방파와 문파들에게 상납금을 받지 않는 것인데 그럴 수
가 없는 처지였으니까요."

속세의 난민들을 구제하는 것이 지상 목표인 아미파 출신들
이 개파한 취봉문이므로 소가연 등은 한 치의 흔들림도 없이
의협의 정도를 걷고 있다.

조금 전에 화운빙은 은자 이백만 냥 정도를 복건성 백성 구
제에 사용한다고 말했었다.

"그럼 취봉문은 뭘 먹고 사느냐?"

어느 방파나 문파든 다 사업을 하고 있으므로 취봉문이라
고 예외일 리가 없다.

그런데 취봉문은 벌어들이는 수익금을 전부 백성 구제에 사
용하는데도 모자라다고 했으므로 진천룡으로서는 취봉문이
도대체 무얼 먹고 사는지 궁금한 것이다.

세 여자는 착잡한 표정으로 침묵을 지켰다.

진천룡은 그냥 별 뜻 없이 물었다가 취봉문에 뭔가 사연이
있는 것 같은 느낌을 받았다.

이럴 때는 세 여자가 아닌 한 여자를 콕 찍어서 얼굴을 보
며 물어봐야 한다.

"빙아."

"…네?"

십칠 세 얼굴과 몸으로 돌아온 사십이 세 화운빙은 그의 부
름에 화들짝 놀랐다.

"네가 말해라. 복건성에서 거두어들인 상납금은 검황천문 다 주고 벌어들인 수입금은 백성들에게 다 썼으면 그동안 취봉문은 뭘 먹고 살았느냐?"

화운빙은 매우 곤란한 표정을 지었다.

"그게……."

보고 있는 부옥령이 언성을 높였다.

"어서 말씀 못 드리겠느냐?"

화운빙은 꼿꼿한 자세로 입을 열었다.

"빚을 냈습니다."

"돈을 빌렸다는 것이냐?"

"그렇습니다."

"누구에게 얼마나 빌렸느냐?"

취봉문주는 소가연이지만 전체적인 살림은 취봉삼검의 일검인 화운빙이 도맡아서 해왔다.

화운빙은 착잡한 표정으로 대답했다.

"만보장(萬寶莊)에서 은자 삼십만 냥을 빌렸습니다."

진천룡은 어? 하는 표정을 지었다.

"삼십만 냥?"

"그렇습니다."

"한 번 빌린 것이냐?"

"아닙니다. 이 년여에 걸쳐서 대략 스무 번 이상에 걸쳐서 빌린 것입니다."

"이 년여……."

진천룡은 궁금증이 더 생겼다. 그가 조금 전에 취봉문이 생활은 어떻게 했느냐고 물으니까 화운빙은 만보장에서 은자 삼십만 냥을 빌렸다고 대답했다.

하지만 설마 삼십만 냥이라는 적은 돈으로 취봉문을 꾸려나갔을 것이라고는 생각하지 않았다.

"돈을 빌려서 어디에 썼느냐?"

화운빙은 진천룡이 어째서 자꾸만 꼬치꼬치 캐묻는지 점점 불안해졌다.

혹시 돈을 빌렸다고 꾸짖으려는 것인가. 하지만 돈을 빌릴 수밖에 없었다. 취봉문이 먹고살아야 했기 때문이다.

"생활했어요."

화운빙은 자신 없는 목소리로 대답했다.

어쩌다 보니까 대화가 그녀를 심문하는 것처럼 돼버렸지만 여기에서 멈출 수가 없다.

"생활? 누가?"

화운빙은 울 것 같은 얼굴로 진천룡을 쳐다보았다.

반면에 진천룡과 설옥군, 부옥령, 청랑과 은조 훈용강까지 잔뜩 궁금한 표정을 지으며 화운빙을 주시하고 있었다.

화운빙만이 아니라 한하려와 소가연까지 어째서 다들 그걸 궁금하게 여기는지 이해할 수가 없었다.

혹시 자신이 뭔가 잘못했을지도 모른다면서 불안해하는 화운빙은 느닷없이 불호령이 떨어지지 않을까 싶어 조심스럽게 대답했다.

"본문의 생활비로 썼습니다."

진천룡은 바로 이 부분을 이해할 수 없는 것이다.

"본문이라니, 취봉문 말이냐?"

"그… 렇습니다."

진천룡은 진지한 표정을 지었다.

"그럼 이제 정리해 보자. 그러니까 네 말은 취봉문이 생활하느라 만보장에서 은자 삼십만 냥을 이 년여에 걸쳐서 빌렸다는 것이냐?"

"네."

"생활하는 데 돈이 부족했던 것이냐?"

화운빙의 표정이 아리송해졌다.

"부족해서 빌린 것이 아니라 빌린 돈으로 본문이 생활을 했다니까요?"

"뭐라?"

진천룡과 설옥군, 부옥령 등은 적잖이 놀라고 어이없는 표정을 지었다.

"취봉문이 생활하는 데 한 달에 얼마나 드느냐?"

"은자 만오천 냥쯤 들어요."

"허어……."

진천룡은 말도 안 된다는 표정으로 다시 물었다.

"취봉문 문하제자가 모두 몇 명이냐?"

"팔백오십여 명입니다."

문하제자 팔백오십여 명이면 대문파에 속한다. 그리고 그 정도 규모의 대문파라면 매월 못해도 은자 백만 냥은 들어야 굴러갈 수가 있다.

진천룡은 기가 막힌다는 표정을 지었다.

"팔백오십여 명을 거느린 취봉문이 한 달에 겨우 은자 만오천 냥으로 생활한다는 것이냐?"

"네."

"정말이에요."

이번에는 화운빙만이 아니라 소가연과 한하려까지 고개를 끄떡였다.

소가연은 두 손을 맞잡고 눈물을 글썽이며 진천룡에게 하소연하듯이 말했다.

"주인님, 왜 자꾸 이러세요? 천첩들은 주인님께 한 치의 거짓말도 하지 않았어요……!"

그녀는 심정이 복잡해서 화운빙이 즐겨 사용하는 '천첩'이라는 호칭을 썼는데 자신은 모르고 있다.

이번에는 부옥령이 짐짓 단호한 표정을 지으며 물었다.

"취봉문 문하제자들에게 녹봉을 줄 거 아니냐?"

"주지 않습니다."

소가연이 부옥령보다 더 단호한 표정을 지으며 자르듯이 대답했다.

"녹봉을 안 줘?"

"그렇습니다."

문하제자나 문하고수들에게 녹봉을 주지 않는 문파나 방파는 구파일방을 비롯한 나부파, 형산파, 해남도 등 특수한 목적으로 개파한 문파, 방파들뿐이다.

화운빙이 차분한 목소리로 설명했다.

"이 년 전까지는 본문도 문하제자들에게 적으나마 녹봉을 줬습니다."

"그런데?"

"본문이 운영하는 사업에서 벌어들인 수익금 은자 이백만 냥 중에서 백만 냥은 백성 구제에 사용하고 백만 냥으로 본문을 꾸리면서 녹봉을 줄 수 있었지요."

"아… 그렇구나."

부옥령은 알겠다는 듯 고개를 끄떡였다.

검황천문에 상납금을 바치기 시작하면서부터 백성 구제에 수익금 전액을 쓰다 보니까 취봉문은 생활비마저 빌려 써야 하는 처지가 된 것이다.

그런 판국인데 하물며 문하제자들에게 무슨 녹봉을 줄 수 있다는 말인가.

설옥군이 처음으로 물었다.

"취봉문 문하제자들은 다들 홀몸인가요?"

뼈를 녹이는 듯한 그윽한 옥음에 소가연은 홀린 듯한 표정으로 대답했다.

"아닙니다. 저희들은 아미파의 속가제자이기 때문에 혼인을 할 수 있습니다."

"그런가요?"

"본문의 문하제자들 중에서 절반 정도는 혼인을 하여 가정이 있으며 나머지 절반은 혼자 살기도 하고 부모 형제 등 가족과 함께 살기도 합니다."

"그렇군요."

설옥군은 고개를 끄떡이고 나서 진천룡을 다정한 눈빛으로 바라보았다.

"천룡은 취봉문을 도와줄 거죠?"

그녀의 다정한 눈빛과 달콤한 목소리를 들으면 지옥마왕이라고 해도 부탁을 들어주지 않을 수 없을 것이다.

진천룡은 탁자 아래에서 그녀의 허벅지에 슬그머니 손을 얹으며 빙긋 웃었다.

"이를 말이겠습니까?"

"착한 사람들이니까 많이 도와주세요."

진천룡은 고개를 숙였다.

"명을 받들겠습니다."

설옥군은 깜짝 놀라더니 주먹으로 살짝 진천룡의 어깨를 두드렸다.

"어머, 그러지 말아요."

부옥령은 설옥군을 보면서 적잖이 놀라는 표정을 지었다. 그녀의 그런 행동이 너무나도 생소하기 때문이다.

설옥군은 천군성의 성주 천상옥녀가 아닌가. 부옥령이 아는 한, 단 한 번도 나약한 모습을 보이거나 남자에게 애교, 교태를 부려본 적이 없으며 저런 사랑스러운 표정은 더더욱 지어본 적이 없는 사람이다.

부옥령이 처음 항주에서 설옥군을 발견했을 때까지만 해도 그녀에겐 절제와 군림, 냉정함, 고결함 같은 것들이 상당 부분 남아 있었다.

그런데 지난 몇 달 동안, 정확하게 팔 개월 사이에 설옥군은 아주 많이 변했다.

뭐랄까, 진천룡이 원하는 바에 따라서 맞춤형이 돼버린 것 같았다.

부옥령은 복잡한 표정으로 설옥군을 바라보다가 문득 어떤 생각이 들어서 실소를 흘렸다.

부옥령 자신만 돌이켜 봐도 많이 변했다. 지금 그녀의 모습이나 행동을 보고 누가 그녀를 북천의 절대자 혹봉검신이라고 하겠는가.

진천룡은 자신의 측근들을 둘러보았다.

"만보장이라고 알고 있나?"

훈용강이 공손히 대답했다.

"본문 휘하입니다."

"그래?"

만보장이 영웅문 소유라는 말에 한하려와 소가연, 화운빙은 놀라는 표정을 지었다.

그렇다면 그녀들은 지금껏 영웅문의 돈을 빌려서 생활했다는 얘기다.

진천룡은 훈용강에게 지시했다.

"만보장주에게 전해라."

"하명하십시오."

"취봉문의 빚을 탕감해 주고 오늘 날짜로 매월 은자 이백만 냥씩 지급하도록 해라."

"명을 받듭니다."

한하려와 소가연, 화운빙은 벌떡 일어나더니 두 손을 젓고 입에서 침을 튀기며 결사적으로 반대했다.

"아니에요! 그러시면 아니되옵니다!"

"은자 이백만 냥이라뇨? 절대 그럴 수는 없습니다!"

"명을 거두어주세요!"

부옥령이 발끈해서 소리 질렀다.

"음식에 침 튄다!"

소가연은 진천룡에게 포권을 하고 허리를 한 번 굽힌 다음에 절절한 표정으로 말했다.

"이제부터 검황천문에게 상납하지 않으면 복건성의 방파와 문파들로부터 돈을 걷지 않아도 되고, 그러면 백성 구제에 사용하던 돈을 절반으로 줄일 수 있을 테니까 본문의 생활은 예전으로 돌아갈 수 있어요. 그러니 주인님의 과분한 은혜는 마음만 받겠어요."

진천룡은 짐짓 엄숙한 표정을 지었다.

"너는 누구냐?"

"네?"

소가연은 어리둥절했다.

"너와 나는 무슨 관계지?"

"주종이에요."

소가연은 조금 불안한 표정으로 대답했다.

"누가 주인이고 누가 종이냐?"

소가연은 진천룡이 무슨 말을 하려는 것인지 얼핏 짐작하면서 대답했다.

"천첩이 종이고 당신께서 주인님이십니다."

"종이면 주인 말을 잘 들어야지?"

"……."

"대답은?"

"네……."

"용강."

진천룡은 느닷없이 훈용강을 또 불렀다.

"하명하십시오."

"오늘부로 매월 은자 삼백만 냥을 취봉문에 지급하라고 만보장에 전해라."

"명을 받듭니다."

소가연은 화들짝 놀랐다.

"주인님, 조금 전에는 은자 이백만 냥이라고……."

"네가 토를 달 때마다 백만 냥씩 올라간다. 용강, 사백만 냥을 지급하라고 전해라."

"명을 받듭니다."

*   *   *

한하련를 비롯한 취봉문 세 여자가 일제히 목에 핏대를 세우면서 외쳤다.

"주인님!"

진천룡은 훈용강에게 또 명령했다.

"용강, 은자 오백만 냥이다."

"명을 받듭니다."

대답하는 훈용강이나 부옥령, 설옥군, 청랑, 은조 모두 빙그레 미소를 짓고 있다.

너희들이 대체 어떤 방법으로 주인님 진천룡을 이기려는지 보겠다는 표정들이다.

"주… 읍!"

화운빙과 한하려가 혼비백산해서 다시 소리치려는데 소가연이 양손을 뻗어 다급히 두 여자의 입을 틀어막았다.

　소가연은 두 여자의 뒤통수를 잡고 강제로 허리를 굽히게 하면서 자신도 깊이 허리를 굽혔다.

　"주인님의 하해 같은 은혜에 천첩들은 감격할 뿐입니다. 고맙습니다……!"

　화운빙과 한하려는 그제야 깨달았다. 자신들이 다시 토를 달았다가는 은자 오백만 냥에서 육백만 냥으로 다시 껑충 뛰어오를 것이라는 사실을 말이다.

　처음에 은자 이백만 냥이었는데 잠깐 사이에 오백만 냥으로 두 배 반이나 폭등해 버렸다.

　허리를 굽힌 세 여자는 그 자세로 굳어버린 채 앞으로 은자 오백만 냥이라는 어마어마한 돈을 어디에 쓸 것인지 행복한 고민에 빠졌다.

　식사를 하는 내내 한하려와 소가연, 화운빙은 너무 행복해서 숨이 멎을 지경이었다.

　아까는 돈을 받느니 못 받겠다느니 설왕설래했었지만 그 일이 진정되고 나자 은자 오백만 냥이라는 엄청난 액수가 현실로 들이닥친 것이다.

　세 여자는 앞으로 은자 오백만 냥을 어떻게 써야 할 것인지를 머리 아프게 궁리하다가 거의 비슷한 시기에 한 가지 사실을 깨달았다.

자신들은 진천룡의 종이 되었으므로 이제부터 죽으나 사나 그를 따라다녀야만 한다는 사실이다.

그렇다고 해서 그의 종이 되는 것을 포기하고 취봉문에 남아 있고 싶은 여자는 아무도 없다.

세 여자에게는 한 사람 한 사람 모두에게 죽을 때까지 진천룡을 따르면서 충성을 해야만 하는 마땅한 사연이 있다.

진천룡에게는 별것 아닌 사연이겠지만 그녀들에겐 절박한 사연인 것이다.

그렇기 때문에 취봉문에 주어질 은자 오백만 냥에 대한 고민은 다른 사람 몫이다.

부옥령은 진천룡과 설옥군의 빈 잔에 차례로 술을 따르면서 지나가는 말처럼 말했다.

"요계를 처리하실 건가요?"

진천룡은 당연하다는 듯 고개를 끄떡였다.

"그래야지."

"아까 그 요마령을 다시 심문해야겠어요. 최소한 취봉문이 상납한 돈은 토해내도록 해야지요."

"아미다."

"네?"

진천룡의 말에 부옥령은 의아한 표정을 지었다.

"그 요마령의 이름이 아미라는 말이다."

"아… 네."

"누구에게나 이름이 있으니까 이름을 알고 있을 때는 이름을 불러줘라."

진천룡의 그런 점마저도 마음에 쏙 드는 부옥령은 방그레 미소를 지었다.

"알았어요."

청랑이 요마십구령 아미를 데리고 오자 부옥령이 그녀의 혈도를 모두 풀어주었다.

"아……."

아미는 적잖이 놀란 표정으로 부옥령을 쳐다보았다. 왜 자신의 혈도를 다 풀어주었느냐는 뜻이다.

그러나 부옥령은 별일 아니라는 듯 몸을 돌려 제자리로 돌아가서 앉았다.

아미를 이곳으로 데리고 온 청랑이 그녀에게 자신의 옆자리를 가리켰다.

"앉아라."

아미는 무슨 뜻인지 몰라서 의아한 표정을 지었다가 방금 청랑이 가리킨 자리에 밥과 젓가락이 가지런히 놓여 있는 것을 발견했다.

청랑은 자신의 자리에 앉으면서 대수롭지 않게 말했다.

"앉아서 밥 먹어라."

아미는 선 채 적잖이 당황하는 표정을 지었다.

"왜… 이러는 거죠?"

부옥령에게 발끝으로 가슴을 두 번 차여서 혼쭐이 났던 아미는 매우 공손해진 모습이다.

청랑은 은조가 따라준 술잔을 들면서 뚝뚝하게 말했다.

"주인님께서 식사하실 때에는 상대가 누구라도 같이 식사를 해야만 한다."

아미는 청랑이 '주인님'이라고 부르는 사람이 진천룡일 것이라고 짐작하여 그를 쳐다보았다.

진천룡은 미소 지으며 고개를 끄떡였다.

"괜찮으니까 먹어라."

아미는 복잡한 표정을 지었다.

"꼭… 먹어야 하나요?"

"먹지 않아도 된다. 하지만 먹는 것이 좋다."

"왜죠?"

"배가 고플 테니까."

사실 아미는 허기를 전혀 느끼지 못했다.

취봉문에 영웅문주인 전광신수를 비롯한 날고 기는 영웅문 고수들이 들이닥치더니 태상문주를 완치시키는가 하면 여의원 행세를 하던 요녀까지 제압했다는 소식을 접한 이후부터 아무것도 먹지 못한 채 영웅문주 일행을 상대할 방법을 강구하는 데 주력했었다.

이후 영웅문주 일행에 의해서 너무도 간단하게 요천사계 복주지부였던 향유원이 괴멸됐으며 요마십구령인 아미 자신은 제압되어 이곳 영안루 밀실에 감금됐었다.

그런데 그런 참담한 상황에 처해 있으면서 어떻게 허기를 느낀다는 말인가.

진천룡이 술잔을 비우고 나서 아미에게 물었다.

"배고프지 않느냐?"

아미는 분명히 방금 전까지만 해도 전혀 배가 고프지 않았었다.

그랬었는데 진천룡이 질문을 한 지금은 이상하게도 허기가 느껴졌다.

아마도 식탁 가득 차려진 갖가지 진귀한 요리의 향기 때문인 것 같다.

요리 향기를 맡으니까 잊고 있었던 허기가 자연스럽게 느껴진 모양이다.

아미는 방금 전까지 허기를 느끼지 못했다가 갑자기 배가 몹시 고파지자 대답하지 못하고 머뭇거렸다.

진천룡은 빙그레 미소 지었다.

"먹어라."

아미는 아무 말도 하지 못하고 가만히 있다가 자신의 좌우를 슬쩍 둘러보았다.

오른쪽에 앉은 청랑은 그 옆에 앉은 은조와 두런두런 얘기를 나누면서 술을 마시고 있다.

그리고 왼쪽의 훈용강은 그 옆에 앉은 화운빙과 너털웃음을 지으면서 대화를 하며 술을 마시는 있다.

사실 화운빙은 일 년 반 전에 훈용강이 자신을 겁탈하지 않았다는 사실을 알고 그 얘기를 하고 있는 중이다.

아미가 앞을 보니까 진천룡은 왼쪽에 앉은 천하절색의 미인과 다정하게 얘기를 하고 있으며, 부옥령은 그런 진천룡의 옆얼굴을 사랑스럽게 응시하고 있었다.

둥글고 커다란 식탁에 둘러앉은 사람들이 제각각 대화를 하니까 웅성거림 때문에 실내가 울렸다.

아미는 조금 어이없는 기분이 들었다.

맞은편에 앉아 있는 진천룡이 영웅문주가 분명한데, 수하들이 주군과 한 식탁에 앉아서 식사를 하는 것이나 주군이 있는 자리에서 자기들끼리 떠들면서 얘기한다는 자체가 이해되지 않았다.

아미가 알고 있는 상식으로 이것은 절대 있을 수 없는 일이다.

그건 그렇다 치고, 한번 허기를 느끼기 시작한 아미는 앞에 놓인 맛있는 요리를 쳐다보고 있자니 위와 창자가 배배 꼬이기 시작했다.

그녀가 슬쩍 둘러보니까 아무도 그녀를 쳐다보지 않고 관심도 갖지 않는 것 같았다.

그때 그녀는 문득 한 가지 사실을 깨달았다. 그녀가 이곳에

오자마자 부옥령이 혈도를 풀어주었던 이유를 이제야 깨달은 것이다.

이들은 아미를 전혀 경계하지 않는 것이 분명하다. 그녀 따위는 안중에도 없기 때문에 독술을 부리든 요마술을 펼치든 어디 해볼 테면 마음껏 해보라는 뜻이다.

그런 사실을 깨달은 아미는 한 대 얻어맞은 표정으로 진천룡을 쳐다보았다.

그때 진천룡이 마침 그녀를 쳐다보다가 시선이 마주치자 한쪽 눈을 찡긋했다.

[어여 먹어라. 배고프겠다.]

그의 다정한 목소리의 전음까지 듣게 된 아미는 문득 코끝이 찡하고 눈물이 핑 돌았다.

아미의 임무는 취봉문을 관리하고 상납금을 받아서 요천사계에 보내는 일이었다.

여태까지는 그 일을 잘해왔었지만 이제는 그럴 수 없게 되었다. 취봉문 태상문주 한하려가 완쾌됐으며 취봉문이 영웅문 휘하가 되었기 때문이다.

요천사계의 법은 지엄하다 못해서 잔혹하다. 지금 같은 경우에 아미가 요천사계로 돌아갈 경우 백이면 백 죽음을 면하지 못한다.

아미는 말을 배우기 전부터 요천사계에서 살았었다. 나중에 안 사실이지만 요천사계는 수하들을 시켜서 천하를 돌며 자질이 뛰어난 여자아이들을 납치해서 요천사계로 보내 요마술과 무공을 가르쳐 왔었다.

그러니까 요천사계의 거의 대부분의 요녀들은 부모 형제가 누군지 모르고 오로지 요천사계를 자신들의 고향이며 집이고 부모로 여기면서 살 수밖에 없다.

아미 역시 마찬가지다. 그녀는 요천사계가 아니면 돌아갈 곳이 없다.

그럴 리가 없겠지만 설사 진천룡이 그녀를 놓아준다고 해도 길은 하나, 죽음뿐이다.

제 발로 요천사계로 돌아가서 죽음의 벌을 받거나 도망, 혹은 은둔했다가 붙잡혀서 처형당할 것이기 때문이다.

요천사계 사람들은 자신의 목숨이나 타인의 목숨을 파리 목숨처럼 가볍게 여기는 특성이 있다.

그래서인지 아미는 자신의 목숨이 아깝다거나 죽음이 두렵지 않았다.

하지만 예전에는 없었던 하나의 소망 때문에 죽는 것이 그다지 달갑지만은 않게 되었다.

그녀가 다른 요녀들처럼 요천사계에 있었다면 지금 가슴에 품고 있는 이 소망이 생기지 않았을 것이다.

그런데 요천사계를 떠나 복주 향유원에서 지난 이 년여 동안 생활을 하면서 외부의 일반 사람들이 살아가는 모습을 자주 접하게 되었다.

그러고는 한 가지 의문이 생겼다. 하다못해 짐승에게도 낳아준 어미와 아비가 있거늘 자신의 부모는 누구인지 몹시 궁금해진 것이다.

이후 세월이 흐르면서 그 의문은 자연스럽게 부모를 만나고 싶다는 소망으로 이어졌다.

그 소망은 죽음보다 더 커져서 이제는 하나의 의무처럼 돼버렸다.

고개를 숙이고 있던 아미는 이윽고 고개를 들고 진천룡을 보면서 전음을 보냈다.

[부탁이 있어요.]

진천룡이 말해보라는 듯 가볍게 고개를 끄떡이자 그녀는 전음을 이었다.

[제 부모님을 찾아주세요. 그래 준다면 당신에게 목숨을 맡기겠어요.]

진천룡이 가만히 있자 아미는 초조한 표정을 지었다.

[제 부모님을 찾아줄 수 있나요?]

그런데 부옥령이 불쑥 물었다.

"네 부모에 대해서 얼마나 기억하느냐?"

"앗!"

아미는 화들짝 놀랐다. 자신은 진천룡에게 전음을 했는데 부옥령이 전음 내용을 알고 있기 때문이다.

아니, 그게 아니다. 아미가 둘러보니까 모두 그녀를 주시하고 있다. 모두 그녀가 한 전음을 들은 것 같았다.

부옥령이 다시 물었다.

"몇 살에 납치되어 요계에 들어갔느냐?"

부옥령은 요천사계가 천하를 돌면서 여자아이들을 납치한다는 사실을 잘 알고 있었다.

아미는 조금 주눅이 들어서 조그맣게 대답했다.

"다섯 살이었어요."

"무엇을 기억하느냐?"

아미는 다섯 살 여자아이가 기억하고 있을 만한 것들을 추상적으로 몇 가지 얘기하고는 눈을 깜빡거리면서 말했다.

"사람들이 우리 아버지를 용우공(龍羽公)이라고 불렀던 것 같아요."

그러자 부옥령과 훈용강이 동시에 어? 하는 표정을 지으며 가볍게 놀랐다.

부옥령이 확인했다.

"용우공이 틀림없느냐?"

"네⋯⋯."

아미는 부옥령이 '용우공'에 대해서 알고 있을 것이라고 짐작하여 심장이 쿵쾅거렸다.

부옥령은 훈용강을 보면서 물었다.

"무림에 '용우공'이라고 불리는 사람이 몇이나 되지?"

"십여 명쯤 될 겁니다."

아미가 긴장한 표정으로 말했다.

"집에 한혈마(汗血馬)라는 것이 있었던 것 같아요."

"그래?"

부옥령은 입가에 미소를 짓더니 훈용강을 쳐다보았다.

훈용강은 마주 미소를 지으며 고개를 끄떡였다.

"용우검(龍羽劍) 현도무(玄道武)인 거 같습니다."

갑자기 아미가 기쁨의 탄성을 터뜨렸다.

"아버지를 아시나요?"

＊　　　　＊　　　　＊

훈용강은 고개를 끄떡였다.

"친분은 없지만 소문은 익히 들었다."

"아아……."

아미는 어느새 눈물을 흘리고 있었다.

"아버지는 어떤 분이시죠?"

그녀는 사람들이 자신의 아버지에 대해서 이처럼 금세 알아낼 줄은 꿈에도 몰랐다.

하지만 그녀가 모르는 사실이 있다. 그녀의 아버지에 대해서 사람들이 다 알고 있는 것이 아니라 경험이 풍부한 부옥령과 훈용강이니까 그것을 알고 있는 것이다.

부옥령이 아미에게 주의를 주듯이 말했다.

"그렇지만 너는 집에 돌아가지 않는 것이 좋다."

아미는 의아한 표정을 지었다.

"무… 슨 뜻이죠?"

아미는 자신이 집으로 돌아가는 것을 이들이 허락하지 않는다는 뜻으로 받아들였다.

하긴 그녀가 생각해도 자신의 요구는 당돌하기 짝이 없다. 아무리 명령이었다고 해도 취봉문에게 그런 짓을 하는 걸 담당했던 책임자가 바로 그녀였다.

그런 그녀가 적의 수중에 잡혀 있는 주제에 뻔뻔하게 부모를 찾아달라 하고 또 고향 집에 찾아간다고 한다면 실로 어이없는 일이다.

그런데 아미가 전혀 예상하지 않았던 말이 부옥령에게서 흘러나왔다.

"요천사계는 네가 우리에게 제압됐다는 사실을 지금쯤 알고 있을지도 모른다. 아니, 알고 있다고 가정해야 한다."

"……!"

아미가 생각하기에도 요천사계의 빠른 정보력이라면 이 사실을 이미 알고 있을 가능성이 높다.

"만약 네가 변절해서 우리 편이 됐다는 사실을 요천사계가 알게 된다면 제일 먼저 할 일이 뭐라고 생각하느냐?"

아미는 거기까지는 머리가 돌아가지 않았다.

"뭔가요?"

"요천사계가 너희 부모를 찾아갈 것이다."

"아……!"

아미는 목에 칼이 꽂힌 것 같은 신음을 터뜨렸다.

부옥령의 차분한 목소리가 실내를 잔잔히 울렸다.

"요천사계는 어린 여자아이들을 납치하면서 아이들의 인적 사항들을 꼼꼼히 기록해 두었을 것이다. 네가 다섯 살 때 기억을 어렴풋하게나마 하고 있다면 요천사계도 그 점을 간과하지는 않을 터이다."

아미는 착잡하고도 복잡한 심정이 되어 눈물을 흘렸다. 다섯 살 때 요천사계에 납치되어 이십 년을 살아오면서 수없는 나날을 울면서 보냈었다.

그러나 열 살이 넘어서는 한 번도 운 적이 없었다. 울기보다는 생존이 우선이기 때문에 치열하게 경쟁을 하면서 지금의 요마령 지위까지 올랐던 것이다.

"우리가 너를 자유롭게 놔주더라도 너는 집으로 돌아가면 안 된다."

아미는 놀라는 표정을 지었다.

"저… 를 놔주실 건가요?"

부옥령은 진천룡을 쳐다보았다.

"그래야겠죠?"

진천룡은 고개를 끄떡였다.

"그래."

아미는 놀랍고도 어이없는 표정을 지었다.

"어째서… 저를 놓아주는 거죠? 저는 취봉문에 해를 입히고 당신들을 해치려고 했는데……"

"네가 운이 좋은 것이다."

"네……?"

부옥령은 한하려를 가리켰다.

"최초에 취봉문 태상문주를 제압한 자가 누구냐? 너냐?"

"아니에요. 검황천문 검천사자였어요. 그자가 태상문주를 제압한 이후에 제가 그녀의 몸에 구유사혼요혈정이라는 점혈수법을 시전했던 거였어요."

"어쨌든 취봉문은 요천사계 수중에서 벗어났으며 너는 요천사계에 대해서 알고 있는 모든 것들을 실토했으므로 너에게 자비를 베푸는 것이다."

"그런……"

아미는 감격하여 왈칵 눈물이 쏟아졌다.

"어디 깊은 곳에 꼭꼭 숨어 있다가 잠잠해진 후에 고향 집에 가도록 해라."

부옥령은 청랑에게 지시했다.

"저 아이에게 돈을 넉넉하게 줘라."

"네."

청랑이 자신의 배낭을 뒤지더니 어린아이 주먹 크기의 금원보 세 개를 꺼내 아미에게 주었다.

아미는 두 손을 모으고 부옥령을 바라보며 말했다.

"저를 거두어주시면 안 되나요?"

부옥령은 태연하게 말했다.

"쓸모도 없는 너를 왜 거두어야 하는 거냐?"

"그건……."

아미는 말문이 막혔다. 쓸모가 없다는데 도대체 무슨 말을 할 수 있겠는가.

진천룡이 지나가는 말처럼 아미에게 물었다.

"지금 요천사계 우두머리가 누구냐?"

"전대 여황의 셋째 딸이에요."

"자염빙의 딸이냐?"

"네. 전대 여황에게는 네 명의 딸이 있었는데 그중 셋째 딸이 요천여황에 올랐어요."

진천룡은 설옥군의 잔에 술을 따르면서 물었다.

"셋째 딸이 여황에 오른 이유가 무엇이냐?"

"듣기로는 그녀는 요마공(妖魔功)을 완벽하게 터득했으며 네 딸 중에서 가장 고강하답니다."

"그녀들의 아비는 철염이냐?"

아미는 의아한 표정을 지었다.

"철염이 누군가요?"

"금혈마황을 모르느냐?"

아미는 놀라는 표정을 지었다.

"금혈마황이 전대의 대마황이라는 소문은 들은 적이 있는데 그가 전대 여황의 남편인가요?"

"검황천문에서 둘이 부부로 살고 있었다."

아미는 고개를 갸웃거렸다.

"사대요후(四大妖后)의 생부는 각각 따로 있으며 금혈마황의 딸은 없는 것으로 알고 있어요."

사대요후란 자염빙의 네 명의 딸을 가르키는 칭호다.

"그렇다면 자염빙의 남편이 여러 명이라는 말이냐?"

아미는 공손히 대답했다.

"그렇게 알고 있어요."

바로 그때 나직하면서도 웅혼한 목소리가 들렸다.

"터무니없는 소리."

그 순간 부옥령과 청랑, 은조, 훈용강이 번개같이 입구를 향해 쏘아가며 나직이 외쳤다.

"웬 놈이냐?"

진천룡은 상대가 한 사람이며 곧 문을 열고 들어올 것이라는 사실을 감지했다.

"물러나라."

그의 말에 부옥령 등은 즉시 신형을 멈추고 문과 진천룡 사이에서 경계했다.

모두 일어섰지만 진천룡과 설옥군 두 사람만 나란히 앉아서 술잔을 기울이고 있다.

진천룡은 방금 말한 인물이 대단한 고수라고 짐작했다. 그가 접근하는 것을 전혀 감지하지 못했기 때문이다.

진천룡 등이 식사를 하느라 방심한 탓도 있을 것이지만 어쨌든 경계해야 할 상대인 것만은 분명하다.

척!

문이 열리고 한 인물이 거침없이 성큼 안으로 들어섰다.

모두의 시선이 그 인물에게 집중됐다.

그는 사십 대 중반의 키가 크고 훤칠한 외모를 지녔으며 오른손에는 하나의 푸른 옥으로 만든 섭선(葉扇:접는 부채)을 쥐고 있는 모습이다.

그를 발견한 부옥령은 흠칫 놀랐다.

'설마……'

그때 그 인물과 가장 가까운 곳에 서 있는 화운빙이 날카롭게 외치듯이 물었다.

"너는 누구며 무슨 일이냐?"

섭선인은 화운빙을 쳐다보지도 않고 앉아 있는 진천룡과 설옥군을 보며 조용한 목소리로 말했다.

"그녀의 남편은 나 한 사람이다. 알겠느냐?"

진천룡은 추호의 흔들림도 없이 조용히 물었다.

"귀하는 누구요?"

"고은산이라고 한다."

그를 주시하는 부옥령의 눈이 약간 작아졌다.

'역시……'

진천룡이 뭐라고 말하려는데 부옥령의 전음이 그와 설옥군에게 전해졌다.

[그는 한남고동의 고동이에요.]

일전에 부옥령은 한남고동에 대해서 자세히 설명했었다. 자염빙이 한남이고 그녀가 사랑했던 동쪽에서 온 고씨 성의 남자가 고동이라서 두 사람을 한남고동이라 부른다고 말이다.

이 남자의 이름은 고은산이고 동쪽 끝 장백산에 있는 장백파의 대제자였다.

육십삼 년 전, 천하에 한남고동이라는 말을 뿌리고 다녔을 때 고은산은 항상 오른손에 푸른 옥으로 만든 섭선 자염선(紫艶扇)을 분신처럼 지니고 다녔었다.

자염선은 그의 사부가 하사한 기진이보인데 그것으로 전개하는 장백파의 절학 자염신공(紫艶神功)은 그의 성명절학 중에 하나였다.

자염빙이라는 이름은 그녀가 고은산과 헤어진 후에 스스로 지었다.

고은산이 예전에 그녀에게 자염신공을 가르친 적이 있었기 때문이다.

고은산은 실내를 둘러보면서 차분하게 말했다.

"여기 철옥신수가 누구냐?"

설옥군은 대수롭지 않게 대답했다.

"나예요."

고은산은 설옥군에게 대뜸 물었다.

"네가 은(恩) 매를 죽였느냐?"

설옥군은 차분하게 되물었다.

"은 매가 누구죠?"

"한매은(韓梅恩)이다."

설옥군은 고개를 가로저었다.

"나는 그런 사람 몰라요."

시간 끄는 게 지겨워진 부옥령이 설명했다.

"자염빙 본명이 한매은이에요."

설옥군은 고개를 끄떡였다.

"그렇다면 그녀는 내가 죽였어요."

고은산은 왜 그녀를 죽였느냐고 묻지 않았다. 그녀는 요계의 절대자인 요천여황이므로 죽어야 할 이유가 수만 가지는 되기 때문이다.

설옥군은 눈썹 하나 까딱하지 않은 채 고은산에게 말했다.

"나한테 복수를 하러 온 건가요?"

고은산은 살짝 복잡한 표정을 지었다.

"그러고 싶다."

그는 자염빙의 악명에 대해서 잘 알고 있지만 그래도 한때 사랑했던 여인인지라 복수를 해주고 싶은 모양이다.

설옥군은 고은산을 말끄러미 바라보았다.

"그녀가 악인이라는 것은 아나요?"

고은산이 대답하지 않자 설옥군은 말을 이었다.

"선악의 구분이 따로 있는 게 아니에요. 선을 도우면 선인이고 악을 도우면 악인인 게지요. 그렇다면 당신은 악인이고 동방의 장백파도 악마의 문파로군요."

"닥쳐라!"

정곡을 찔린 고은산이 뾰족하게 외쳤다.

그러자 부옥령이 그를 가리키며 싸늘하게 말했다.

"고은산, 우내십절이라고 눈에 보이는 게 없는 것이냐? 어느 안전이라고 망발이냐?"

'우내십절'이라는 말에 설옥군과 청랑을 제외한 모든 사람들이 크게 놀라는 표정을 지었다.

설옥군과 청랑이 놀라지 않은 이유는 두 여자가 기억을 상실했기 때문이다.

기왕지사 진흙탕에 발이 빠진 고은산은 좀 더 독해지기로 마음먹었다.

"다른 건 필요 없다. 나는 한 사람의 머리만을 원한다."

상황이 그쯤 이르자 진천룡이 참지 못하고 나섰다.

"거 듣자 듣자 하니까 당신 안 되겠구만?"

그는 일어나서 고은산을 향해 당당하게 어깨를 쭉 펴고 말을 이었다.

"귀하 같으면 자신을 죽이겠다고 악독한 공격을 퍼붓는 사람에게 '어서 날 죽이시오' 하고 목을 내밀겠소?"

"……!"

고은산은 말문이 막혀서 눈만 끔뻑거렸다.

"자염빙은 남편이라는 금혈마황과 제자 절대검황 동방장천 등과 함께 우릴 죽이겠다고 쳐들어왔었소. 우리가 그들을 죽이겠다고 쳐들어간 게 아니라는 말이오."

진천룡은 손가락을 뻗어 고은산을 찌를 것처럼 가리키면서 훈계를 했다.

"그 싸움에서 우리 쪽 사람들도 죽었고 여기에 있는 몇 사람은 극심한 중상을 당해서 저승 문턱까지 갔었소. 그런데 막무가내로 복수를 하겠다니, 만약 계속 고집을 부린다면 귀하는 정파고 나발이고 떠나서 개나발이오, 개나발."

그러자 설옥군과 부옥령, 청랑이 손으로 입을 가리고 킥킥! 웃었다.

세상천지에 우내십절에게 '개나발'이라면서 꾸중을 하는 사람은 진천룡이 처음일 것이다.

그러나 고은산은 단단히 복수할 마음을 굳혔는지 꿈쩍도 하지 않았다.

그는 설옥군을 주시하면서 착 가라앉은 목소리로 말했다.

"스스로 자결하겠느냐? 아니면 싸우겠느냐?"

설옥군은 망설임 없이 일어섰다.

"싸우겠어요."

설옥군은 문으로 걸어갔다.

"여긴 장소가 적당하지 않으니까 밖으로 나가죠."

영안루 밖은 바로 강변이라서 진천룡 일행은 강가 백사장으로 나갔다.

고은산은 착잡한 표정으로 그 자리에 묵묵히 서 있다가 실내에 자신만 남게 되자 밖으로 나갔다.

第百四十九章

동천검제(東天劍帝)

아침의 눈부신 햇살이 강과 백사장에 쏟아지고 있다.

커다란 바위가 드문드문 서 있는 백사장에는 진천룡 일행과 고은산이 마주 보고 서 있다.

진천룡은 자신의 옆에 서 있는 부옥령에게 전음으로 물었다.

[옥군이 저자를 상대할 수 있겠느냐?]

부옥령은 자신이 익히 알고 있는 예전의 천상옥녀를 떠올리며 잠시 가늠을 해보고 나서 대답했다.

[소저께서 조금 우위일 것 같아요.]

부옥령은 고은산의 실력에 대해서는 소문으로만 들어서 알고 있다.

예전에 천상옥녀는 천하제일인 자리를 노리고 우내십절과 이따금 다툼을 벌였었다.

하지만 그녀는 고은산과 겨루어본 적은 없었다. 어쨌든 천상옥녀는 우내십절 중에서도 상급에 속했기에 부옥령은 그리 대담한 것이다.

진천룡은 부옥령의 말을 듣고서도 마음이 놓이지 않아 설옥군에게 무슨 말을 하려는데 그녀가 성큼 앞으로 나서며 고은산에게 말했다.

"어떻게 싸울 것인지 말해보세요."

고은산은 자신을 향해 앞으로 다섯 걸음 걸어 나와 멈춘 설옥군을 보면서 미간을 찌푸렸다.

"정말 싸울 생각이냐?"

설옥군은 살포시 미소를 지었다.

"나는 허언을 하는 사람이 아니에요."

고은산은 자신이 우내십절 중에 한 명이라는 사실을 알면서도 싸우자고 나서는 설옥군의 정체가 자못 궁금했다.

보통 사람이라면 우내십절 앞에서 절대로 그러지 못할 것이기 때문이다.

"너는 누구냐?"

"당신은 어떻게 나를 찾은 거죠?"

고은산은 침착하게 대답했다.

"영웅문의 태상문주 철옥신수가 강서 남창 조양문에서 한때

은을 죽였다는 소문이 파다하게 퍼져 있기에 철옥신수의 행방을 수소문하여 찾아온 것이다."

"내가 누구냐고 물었죠? 그래요. 내가 철옥신수예요."

말하고 나서 설옥군은 희고 긴 손가락 하나를 세워 좌우로 흔들며 냉정하게 말했다.

"그러나 하나는 틀렸어요. 내가 죽인 여자는 마녀 자염빙이었어요. 나는 한매은이라는 여자를 죽인 적이 없어요."

고은산은 슬쩍 눈을 부릅떴다.

"네가 죽인 자염빙이 한매은이었다."

"억지를 부리는군요."

"뭐가 억지라는 것이냐?"

"지금 당신이 복수를 하려는 여자는 당신이 알고 있는 청순하고 선량한 한매은이 아니라 온 천하인이 치를 떠는 요마녀 자염빙이에요."

"닥쳐라!"

"나는 그런 자염빙을 죽였을 뿐이에요."

고은산의 눈에서 무서운 안광이 뿜어졌다.

"목숨이 아까워서 얄팍한 변명을 늘어놓는 게냐?"

설옥군은 쓸쓸한 미소를 지었다.

"어리석은 사람이군요."

고은산은 눈살을 찌푸렸다.

"무슨 뜻이냐?"

"자염빙, 아니, 한매은 손에 죽은 사람이 얼마나 될 것 같은 가요?"

"모른다."

설옥군이 대신 설명해 보라고 쳐다보자 부옥령이 막힘없이 대답했다.

"자염빙 개인 손에 죽은 사람은 천 명쯤 되고 그녀의 명령으로 죽은 사람은 만여 명 정도 될 것입니다."

고은산은 엄청난 수에 움찔 놀라는 표정을 지었다.

설옥군의 차분한 말이 이어졌다.

"그렇게 죽은 만천여 명의 정인이나 가족들 심정이 다 당신 같겠군요?"

고은산은 더 이상 말하기 싫다는 표정을 지었다.

"음… 말이 많구나."

"죽기 전에 진실을 알고 죽으라는 뜻이에요."

"쓸데없는 말 그만두고 어서 공격해라."

"내가 공격하면 당신에게 기회가 없을 거예요."

"건방진……."

고은산의 말이 끝나는 순간 설옥군이 곧장 그에게 일직선으로 쏘아갔다.

아무런 음향도 없이 그녀는 어느새 고은산의 두 걸음 앞까지 쇄도했다.

"……!"

고은산은 이제껏 수백 번의 싸움을 해봤으나 이처럼 빠른 상대는 처음이다.

만약 그가 예전에 이런 일을 겪었다면 그때 이미 죽었을 것이다.

그는 설옥군이 그대로 공격을 가할 것이고 자신은 속수무책으로 당할 수밖에 없다고 판단했다.

이런 상황이 될 것이라곤 꿈에도 상상하지 못했다.

설옥군이 급습을 한 것이 아니다. 고은산이 공격을 하라고 해서 그녀가 눈앞에서 공격한 것이다. 두 눈 뻔히 뜨고 당하는 모양새이다.

그는 다급히 호신강기로 몸을 보호하면서 늦었을지 모를 반격을 가했다.

오른쪽으로 미끄러지듯이 이동하면서 섭선으로 설옥군의 하체를 후려친 것이다.

쐐애액!

정파인이라면 여자의 하체를 공격하는 것이 금기지만 지금은 그런 것을 따질 겨를이 아니다.

그런데 정면으로 쇄도하던 설옥군이 연기처럼 그의 시야에서 사라졌다.

"……!"

찾을 겨를이 없으므로 그는 호신강기로 몸을 감싼 채 다급하게 빙글 회전하면서 뒤를 향해 섭선을 그었다.

키유웅!

섭선에는 사백 년 공력이 실려 일 장 길이의 강기가 뿜어지며 허공을 갈랐다.

고은산의 반응은 정직했다. 정면에서 쇄도하고 있던 상대가 시야에서 사라졌다면 당연히 배후로 돌아가서 공격할 것이라고 판단한 것이다.

하지만 그는 한 가지를 놓쳤다. 설옥군이 정면에서 쇄도하는 그대로 공격을 해도 그가 방어하지 못했을 텐데 무엇 때문에 배후로 돌아가겠는가.

"……!"

고은산은 흠칫했다. 몸을 회전하면서 배후를 향해 섭선을 후려쳤는데 뒤에는 아무도 없다.

순간 그는 등줄기가 서늘해지고 뒷골이 당겼다. 설옥군이 어디에 있는지 깨달았기 때문이다.

그녀는 지금 그의 뒤에 있을 것이다. 말하자면 그녀는 처음부터 정면에서 그대로 쏘아왔다. 단지 그의 시야에 보이지 않았을 뿐이었다.

그런데도 그는 크게 착각하여 배후를 공격하는 웃지 못할 촌극을 벌이고 말았다.

그는 돌아서지 못했다. 뒤돌아보는 순간 설옥군이 살수를 전개할 것이라고 생각했기 때문이다.

그때 그의 뒤에서 조용한 목소리가 들렸다.

"돌아서세요."

설옥군의 목소리다. 그 말은 고은산에게 '죽이지 않을 테니까 돌아서세요'라는 뜻으로 들렸다. 살았다는 안도감보다 비참한 기분이 더 크게 들었다.

고은산은 온몸의 기운이 쭉 빠지면서 천천히 몸을 돌리며 앞을 보았다.

두 걸음 앞에 설옥군이 뒷짐을 진 채 다소곳이 서 있는 모습을 발견한 고은산은 다리에 힘이 풀려서 주저앉으려는 것을 겨우 견뎠다.

설옥군은 조용히 중얼거렸다.

"돌아가세요."

고은산은 눈을 파르르 떨었다.

"은 매가 없는 세상은 살고 싶지 않다."

설옥군은 뜻밖이라는 표정을 지었다.

"당신이 한매은과 사랑을 나눈 것은 육십삼 년 전의 일인데 아직도 그녀를 사랑한다는 말인가요?"

"사랑은 변하는 것이 아니다."

저만치에 있는 부옥령이 참견했다.

"그녀는 귀하와 헤어진 후에 여러 남자를 남편으로 맞이해서 살았어! 죽기 전에는 금혈마황이 남편이었지!"

고은산은 고집스러운 표정을 지었다.

"그래도 나는 변하지 않았다."

"개소리하지 마라!"

부옥령이 쨍! 하게 꾸짖었다.

그녀는 손가락으로 고은산을 찌를 듯이 가리키며 싸늘하게 외쳤다.

"육십삼 년 전에 네가 먼저 그녀를 버렸잖느냐? 그러고서도 그녀를 사랑한다는 말이 나오느냐? 네 입은 입이 아니라 구멍이냐?"

신랄하기 짝이 없는 말이다.

"나는……."

고은산은 정곡을 찔렸기에 말을 하지 못했다.

천하의 어떤 무불통지라고 해도 부옥령을 능가하지는 못할 것이다.

한남고동이 어째서 헤어졌는지에 대해서는 무림에서 극소수의 사람만이 진실을 알고 있는데 부옥령은 그중에 한 명이다.

육십삼 년 전에 한남고동이 헤어진 이유는 고은산이 그녀를 떠나 장백산으로 돌아갔기 때문이었다.

그녀가 싫어졌기 때문이 아니라 장백파에서 돌아오라고 명령했기 때문이다.

고은산이 돌아가지 않고 여러 차례 버텼더니 장백파에서 최후의 통첩을 보냈다.

장백파로 돌아와서 장문인의 자리에 오르든가 거역하면 파문을 하겠다는 것이었다.

장백파 장문인의 대제자인 고은산으로서는 문파에서 파문

을 당할 수는 없는 일이다.

그가 이날 이때까지 죽을 고생을 하면서 무공연마에 매진하여 지금의 위치에 오른 이유는 오로지 장백파의 장문인이 되기 위해서였다.

그에게는 사랑도 중요하지만 장백파 장문인이 되는 일이 더 중요했다.

고은산은 일 년 안에 반드시 돌아오겠다고 한매은과 굳은 약속을 하고 장백파로 돌아갔다.

그렇지만 고은산은 일 년이 아니라 이 년, 삼 년이 지나도록 한매은에게 돌아오지 않았다.

결국 한매은은 직접 고은산을 만나기 위해서 장백산을 향해 떠났다.

그러나 장백파는 워낙 신비한 문파라서 전혀 세상에 드러나지 않았기에 한매은은 반년 동안이나 장백산을 샅샅이 뒤졌으나 끝내 장백파를 찾아내지 못했다.

장백산이 워낙 거대한 탓도 있었다. 둘레가 자그마치 이천여 리에 달하는데 그곳에서 장백파를 찾는다는 것은 백사장에서 바늘 하나를 찾는 것이나 다름이 없는 일이었다.

한매은은 통한의 피눈물을 흘리면서 다시 중원으로 돌아올 수밖에 없었다.

장백산까지 갔다가 반년 동안 장백산을 헤매고 다시 중원으로 돌아오는 데 일 년이 소요됐다.

중원으로 돌아오고 나서도 그녀는 고은산이 돌아오기를 다시 삼 년을 더 기다렸다.

　도합 칠 년의 기다림이었다. 그런데도 고은산은 끝끝내 돌아오지 않았다.

　한매은의 기다림은 절망이 되었고 오래지 않아서 다시 분노로 변했다.

　그녀는 자신의 문파인 아미파에서 스스로 파문하여 뛰쳐나왔으며 가문하고도 등을 지고 원수가 되었다.

　그때부터 한매은은 자신이 그날까지 살아온 모든 인생을 다 버리고 정반대로 역행하는 삶을 살기 시작했다.

　정파와 협행, 정의, 정도만을 꼿꼿하게 걸었던 그녀였지만 그때부터는 마도와 사파, 요계를 친구 삼아서 닥치는 대로 온갖 악행과 살행을 저지르면서 살았다.

　부옥령은 서릿발처럼 차가운 표정으로 고은산을 쏘아보며 꾸짖었다.

　"한매은은 삼 년 동안 너를 기다리고 이후에 장백산으로 직접 너를 만나러 갔다가 장백파를 찾지 못해서 중원으로 돌아온 이후 다시 너를 삼 년 동안 기다렸다가 끝끝내 돌아오지 않자 그때부터 너를 깨끗이 잊었다."

　고은산의 얼굴이 일그러졌다. 그는 자신이 떠난 이후에 한매은이 어떻게 했는지에 대해서 자세하게 듣는 것은 지금이 처음이라서 큰 충격을 받았다.

"칠 년이다. 그녀는 장장 칠 년이나 마음을 새카맣게 태워가면서 너를 기다렸다."

"으음……."

고은산의 얼굴이 착잡하게 일그러졌다.

부옥령의 불호령이 떨어졌다.

"그런데 너는 언제 중원에 왔느냐?"

중원에 온 지 몇 달밖에 되지 않은 고은산은 대답하지 못하고 착잡한 표정으로 부옥령을 똑바로 주시했다.

부옥령은 차갑게 냉소했다.

"흥! 아마 근래에 왔겠지?"

"나는……."

"그래 놓고서 누구의 복수를 한다는 것이냐? 한매은의 딸들이나 지금의 남편인 금혈마황 철염이 복수를 한다면 충분히 이해할 수 있지만 너는 아니다. 너 같은 것은 복수를 입에 담을 자격조차 없다!"

고은산의 얼굴이 일그러졌지만 부옥령은 아예 못을 박았다.

"절대로 너는 아니다."

"닥쳐라!"

고은산은 절망과 자괴감을 이기지 못하고 부옥령에게 버럭 노성을 터뜨렸다.

부옥령이 쩌렁하게 소리쳤다.

"너나 닥치고 장백산으로 가라!"

"이년!"

고은산은 분노가 폭발하여 다짜고짜 부옥령을 향해 쌍장을 뿜어내며 덮쳐갔다.

쿠와아앙!

*　　　　　*　　　　　*

한쪽 열 걸음 거리에 서 있던 부옥령은 피하기는커녕 고은산을 향해 마주 쏘아가면서 오른손을 가볍게 흔들어 금신강권(金神鋼拳)을 전개했다.

꽈드드등!

반로환동 경지에 이른 그녀의 팔 성 공력이 주입되자 경천동지의 굉음이 울리면서 금광이 한 아름 두께의 원통형 모양을 이루며 무시무시하게 뿜어졌다.

고은산은 부옥령이 발출한 금광이 심상치 않음을 느꼈지만 설마 설옥군 정도는 아닐 것이라고 믿었다.

고은산은 장백파의 절학 중에 하나인 신광파(神光破)를 전개했다. 신광파는 소림사의 백보신권에 버금가는 위력을 지닌 것으로 알려져 있었다.

두 사람이 서로를 향해 돌진하는 한가운데에서 두 개의 강기가 정통으로 격돌했다.

꽈꽈꽝!

"욱……!"

커다란 쇠망치로 가슴을 강타한 듯한 묵직한 충격을 받고 고은산은 뒤로 둥실 날아갔다.

'이럴 리가…….'

그는 날아가면서 불신의 표정을 지었다. 방금 자신과 격돌한 부옥령이 영웅삼신수 중 한 명인 무정신수라고 알고 있었지만 자신보다 서너 수 하수일 것이라고 여겼었다.

그는 문득 조금 전에 한 수를 나눈 설옥군이 자신보다 고강했던 것을 기억해 냈다.

그렇다는 것은 영웅삼신수 세 명 모두가 고은산보다 서너 수 아래가 아니라 오히려 한 수 위라는 뜻이 아닌가.

상체가 뒤로 비스듬히 누운 자세로 날아가던 고은산은 부옥령이 두 번째 공격을 하기 위해서 자신을 향해 빠르게 쏘아 오고 있는 것을 발견했다.

"……!"

고은산은 실로 수십 년 만에 생명의 위협이라는 것을 느끼고 있다.

육십삼 년 전, 이십 대 젊은 혈기에 물불 가리지 않고 상대를 막론하지 않고 싸우며 무림을 활보하던 시절에는 몇 번인가 위기감을 맛본 적이 있었지만 그 이후로는 이런 경우가 한 번도 없었다.

명실공히 그는 당금 천하에서 가장 고강한 우내십절 중에 한 명인 것이다.

그런 그가 별호조차 생소한 영웅삼신수에게 생명의 위기를 느끼고 있는 것이다.

'감히!'

뒤로 날아가면서 그는 전신 공력을 끌어올리면서 어깨의 보검을 뽑았다.

스응!

장백파의 고강함은 검법에 있다. 장백파의 여러 검법 중에 최고 수준인 천백검법(天魄劍法)은 천하오대검법 중에 하나일 정도로 대단한 위력을 지녔다.

고은산은 우내십절 중에서 동천검제(東天劍帝)라는 별호를 지니고 있으며, 그 별호는 이십오 년 전에 무림에 나와서 잠시 활약할 때 얻은 것이다.

고은산은 공력으로 무형검을 만들어서 사용할 수 있지만 진정한 검법의 위력은 진검(眞劍)에서 나오는 법이다.

고은산은 장문인을 상징하는 보검 동천신검(東天神劍)을 머리 위로 들어 올렸다가 천백검법의 절초식 백인강(白刃罡)을 벼락같이 전개했다.

과우움—!

부옥령은 고은산을 추격하면서 연이어 두 번째 금신강권을 전개하려다가 가볍게 움찔했다.

구오오오—!

흰 광채 하나가 그녀를 향해 일직선으로 곧장 그어오고 있는데 고은산도 그의 검도 일절 보이지 않고 그저 흰 광채만 보일 뿐이다.

'저건 뭐지?'

부옥령은 고은산이 전개한 검법이 천백검법일 것이라고만 짐작할 뿐이지 구체적인 내용은 모른다.

무림에 대해서는 무불통지인 그녀지만 장백파가 워낙 신비한 문파라서 천백검법에 대한 내용은 알려진 것이 전혀 없기 때문이다.

부옥령도 모르는 것이 있다. 아니, 많다. 천하는 넓고 무림에는 기인이사가 모래알처럼 많은 법이다.

부옥령은 모르는 것은 일단 피하는 것이 상책이라는 생각에 수직으로 몸을 솟구쳤다.

슈웃!

그런데 위로 솟구치던 그녀는 움찔 놀랐다. 고은산이 발출한 흰 광채 즉, 백광이 그림자처럼 그녀를 따라오며 솟구쳐 오르고 있는 것을 발견했기 때문이다.

그사이에 그녀는 일 장쯤 더 솟구쳤는데도 백광은 정확하게 그녀를 노리고 고도를 높여 쏘아오고 있다.

이대로 계속 가다가는 그녀가 더 솟구친다고 해도 백광에 적중당하고 말 것이다.

옆으로 피하고 싶은데 그럴 겨를이 없다. 백광이 이미 지척에 이르고 있으므로 이제는 방어를 하는 수밖에 없다.

고은산은 천백검법 마지막 절초 백인강이 부옥령에게 먹혀들었다고 판단했다.

조금 전에 강기끼리의 대결에서는 그가 손해를 봤지만 역시 검법은 자신이 우위인 것이 분명하다.

비유움!

그런데 부옥령을 향해 동천신검을 그어대며 쏘아가던 고은산은 왼쪽 지상에서 뭔가 부융한 광채가 번쩍이는 것을 발견하고 흠칫했다.

고은산은 고개를 살짝 틀어 그쪽을 쳐다보다가 안색이 확 돌변했다.

'적멸강!'

지상에 서 있는 설옥군이 그를 향해 오른손을 뻗고 있으며 그녀의 손바닥에서 금빛 광채가 뿜어지고 있었다.

바우움!

다음 순간 금빛 광채가 수십 줄기로 가느다랗게 쪼개지면서 사방으로 확산됐다.

그것은 마치 일출 때 태양의 황금빛이 사방으로 뿜어지는 듯한 찬란한 광경이다.

고은산은 적멸광을 한 번도 직접 본 적이 없지만 그게 어떻게 펼쳐지는지에 대해서는 귀가 따갑게 들어서 너무도 잘 알고 있었다.

천하에서 오직 단 한 사람만이 적멸광을 전개할 줄 아는데 그 사람이 바로 천상옥녀라는 사실도 말이다.

적멸광은 달리 파멸광이라고도 부르는데 일단 발출하면 절
대로 실패하지 않고 상대가 누구라도 깨끗하게 죽여 버리기
때문이다.

고은산이 놀라고 있는 사이에 수십 줄기로 갈라지면서 퍼
졌던 금광이 하나로 모아지며 그를 향해 무서운 속도로 쏘아
졌다.

고오오!

찰나지간 고은산의 뇌리에 수많은 불길한 생각들이 명멸했
다가 사라졌다.

그리고 마지막 순간 그는 적멸광을 피할 수 없으며 오직 한 가
지 방법, 천백검법 백인강으로 적멸광을 막아야 한다고 판단했다.

고은산으로선 필생의 전력을 다해서 백인강을 전개하여 정면
으로 격돌을 한다 하더라도 승패를 가늠할 수 없는 상황이다.

그런데 부옥령을 공격해 가던 백인강을 중도에 방향을 틀어서
적멸광 쪽으로 돌리는 것이라 위력이 현저히 감소될 수밖에 없다.

고은산의 목과 이마에 힘줄이 불끈 솟았고 그의 얼굴에는
필사적인 표정이 떠올랐다.

너무도 짧은 순간이지만 그는 조금 전에 설옥군과 부옥령이
했던 말들이 주마등처럼 뇌리를 스쳐갔다.

육십삼 년 전에 그는 한매은을 버리고 장백파로 돌아갔으며
일 년 안에 돌아오겠다고 약속을 했는데도 불구하고 장장 육

십삼 년 만에 돌아왔다.

그런 주제에 그녀의 복수를 하겠다면서 난리를 피웠다. 설옥군과 부옥령이 입을 모아서 그에게는 복수할 자격이 없다고 꾸짖는데도 말이다.

어째서 지금 이 순간에 그 생각이 났는지 모를 일이다.

'바보같이……'

그 순간 적멸광과 천백검법 백인강이 충돌했다.

적멸광의 금광이 백인강의 백광을 종잇장처럼 밀어내는 순간 설옥군은 즉시 공력을 거두었다.

쩌러렁!

"흐악!"

고은산은 지푸라기처럼 뱅글뱅글 돌면서 허공으로 멀리 날아갔다.

부옥령이 바람처럼 날아가 강물에 떨어지려는 그의 팔을 잡아서 되돌아왔다.

고은산이 별로 마음에 들지 않는 부옥령은 그를 백사장에 슬쩍 내던지듯이 내려놓았다.

퍽!

"끄으……"

고은산은 가슴이 온통 으깨어져서 입에서 꾸역꾸역 검붉은 피를 토했다.

설옥군이 마지막 순간에 공력을 거두었지만 그래도 고은산은 무사하지 못했다.

고은산의 완전히 풀린 눈이 허공을 이리저리 맴돌다가 설옥군에게서 시선이 멈추었다.

"으으… 당신은……."

그는 설옥군이 적멸광을 전개하는 것을 보고 그녀가 누군지 알아차렸다.

바로 옆에 서 있는 부옥령이 그의 가슴에 한쪽 발을 올리면서 차갑게 말했다.

쿡!

"주군, 이자를 죽일까요?"

"끄으으……."

그렇지 않아도 가슴이 박살 났는데 거기에 부옥령이 발을 올리자 그는 처절한 표정을 지었다.

진천룡은 고은산을 굽어보면서 말했다.

"이자는 그냥 놔둬도 일 각을 버티지 못하고 죽을 것 같은데 그럴 필요가 있겠느냐?"

고은산은 진천룡의 말을 들었다. 굳이 그의 말을 듣지 않더라도 그는 자신이 일 각을 넘기지 못하고 죽을 것이라는 사실을 직감했다.

조금 전까지만 해도 연인 한매은의 복수를 하겠다고 펄펄 날뛰던 고은산은 일 각 후에 죽을 수밖에 없는 안타까운 상황에 처했다.

조금 전까지만 해도 그는 자신이 죽게 된다면 혼이라도 훨훨 날아가서 한매은을 만나게 될 것이기에 죽음이 두렵지 않다고 생각했었다.

그런데 막상 죽음이 눈앞에 닥치니까 한매은의 혼을 만나러 가는 것보다는 속세에 남아서 해야 할 일들이 눈에 선하게 떠올랐다.

그는 장백파의 현 장문인이 아닌가. 없는 시간을 쪼개서 중원에 왔지만 연인 한매은은 이미 죽었고 그는 살아서 장백파로 돌아가야만 한다. 장문인으로서 할 일이 산처럼 쌓여 있기 때문이다.

그는 흐릿해지려는 정신을 결사적으로 부여잡고 진천룡을 보며 더듬거렸다.

"살… 려… 주… 시… 오……."

진천룡은 그의 발음이 부정확해서 알아듣지 못했으나 살려 달라는 말일 것이라고 짐작했다.

진천룡은 구태여 그를 죽여야 할 이유는 없다는 생각에 다짐을 받았다.

"살려주면 또 복수를 할 생각이오?"

고은산은 고개를 가로저으려고 애썼다.

부옥령은 진천룡이 고은산을 살리려 한다는 것을 깨닫고 고은산에게 전음을 보냈다.

[너는 무덤에 들어갈 때까지 적멸광을 전개한 분의 신분을

발설해서는 안 된다. 알았느냐?]

거의 숨이 깔딱거리는 고은산의 눈이 바르르 떨렸다.

부옥령은 한쪽 무릎을 꿇고 그의 팔을 잡으며 진기를 주입하면서 윽박질렀다.

[대답하지 않으면 죽도록 내버려두겠다.]

조금 기운을 차린 고은산이 자신을 쳐다보자 부옥령은 눈을 부릅뜨고 윽박질렀다.

[어쩌겠느냐? 입을 다물겠느냐?]

고은산이 눈을 깜빡거리는 것을 보고 부옥령은 한 번 더 으름장을 놓았다.

[만약 네가 입을 연다면 너는 물론이고 장백파까지 몰살시켜 버리겠다.]

고은산으로서는 부옥령이 어째서 천상옥녀의 신분을 감추려고 하는지에 대해서는 궁금할 겨를조차 없다.

누워 있는 고은산은 눈을 커다랗게 뜨고 진천룡을 바라보며 경악을 금치 못했다.

진천룡이 손바닥을 펼쳐서 대고 있는 가슴 부위를 통해서 더없이 상쾌하면서도 온후한 기운이 도도한 강물처럼 넘실거리며 주입되는 것이 생생하게 느껴지고 있다.

방금 전까지만 해도 저승의 문턱을 넘어가고 있던 고은산은 매우 빠른 속도로 삶을 향해 거슬러 돌아오고 있는 것을 생생하게 느꼈다.

'도대체 나한테 무슨 일이 일어나고 있는 것인가……'

그렇지만 한 가지만은 분명하다. 자신이 회복되고 있다는 사실이다.

그리고 그 사실은 불과 열 호흡 만에 진천룡이 그의 가슴에서 손바닥을 떼며 현실로 드러났다.

"일어나시오."

"……!"

고은산은 열 호흡 전까지만 해도 다 죽어가던 사람에게 일어나라고 하는 말을 처음에는 이해하지 못했다.

그러나 그는 곧 자신의 몸이 원상태로 회복됐다는 사실을 깨닫고 혼비백산할 정도로 경악했다.

"아아……"

그는 벌떡 일어서다가 깜짝 놀랐다. 다리에 약간 힘을 주었을 뿐인데 몸이 허공으로 솟구치려 하여 천근추의 수법을 발휘하여 제지했다.

第百五十章

대붕(大鵬)

고은산은 경공술을 전개하여 뒤도 돌아보지 않고 북쪽을 향해 쏘아갔다.

아까 영웅문주 전광신수 진천룡은 다시는 복수 같은 것을 하지 않는다는 약속을 받고 고은산을 치료해 주었으며 떠나도록 허락했다.

그리고 무정신수는 천상옥녀의 신분을 밝히지 말라고 고은산에게 협박을 했었다.

지금 그의 심정은 여러 가지 복잡한 생각 때문에 착잡하기 이를 데 없다.

그러나 한 가지 분명한 것은 다시는 중원에 오지 않겠다는 사실이다.

전광신수와 무정신수의 위협이 아니더라도 고은산은 중원에 다시 오고 싶은 생각이 추호도 없다.

연인 한매은의 죽음을 확인했으며, 자신이 그녀의 복수를 할 자격조차 없다는 사실을 깨달은 지금 하늘을 우러러보는 것조차 부끄러울 따름이다.

그는 이번에 장백파로 돌아가면 죽을 때까지 중원에는 오지 않을 생각이다.

다시 와야 할 이유가 없다. 중원과는 담을 쌓고 장백파의 발전과 전체적인 무공 증진, 그리고 세력 확장에 전념할 것이다.

고은산은 그렇게 마음을 먹으니까 한시바삐 중원을 벗어나 장백파에 돌아가고 싶어졌다.

경공을 전개하면서 줄곧 생각해 봐도 반나절 전에 그가 만났던 영웅삼신수는 이 세상 사람이 아닌 것 같았다.

철옥신수와 무정신수의 고강함도 놀랍지만 전광신수야말로 신선 같은 인물이었다.

천상옥녀의 적멸광과 격돌하고 난 직후에 고은산은 자신이 죽을 것이라는 생각을 하며 절망에 빠졌었다.

그런데 전광신수가 손바닥을 그의 가슴에 밀착시키고 무언가 알 수 없는 신비한 기운을 주입하더니 열 호흡이 지나기도 전에 그가 기적적으로 소생했다.

만약 그 일을 겪은 사람이 고은산 본인이 아니라 다른 사람이었다면 절대로 그런 허황된 거짓말 같은 일을 믿지 않았을 것이다.

전광신수의 손바닥을 통해서 말로는 손톱만큼도 설명할 수 없는 신비한 기운이 고은산의 체내로 파도처럼 주입되던 순간에는 너무나 황홀하고 상쾌해서 이대로 죽어도 좋을 것 같다는 생각마저 들었다.

그러고는 잠시 후에 그는 아무 일도 없었던 것처럼 버젓이 일어섰다.

그것 때문에 극도로 경악한 나머지 고은산은 자신이 우내십절이면서도 그들에게 너무도 간단하게 당했다는 사실과 천군성주인 천상옥녀가 영웅삼신수의 철옥신수였다는 사실에 대해서는 그다지 중요하게 여기지 않았다.

고은산은 죽었다가 다시 살아났다. 그렇기 때문에 두 번째 생명을 헛되이 사용하지 않고 자신과 장백파를 위해서 헌신하기로 결심한 것이다.

그는 영웅삼신수와 헤어진 지 반나절 동안 이백여 리쯤 달려왔으나 조금도 지치지 않았다.

물론 허기도 느끼지 않았으며 한시바삐 중원을 벗어나고 싶다는 생각만 머리에 가득했다.

현재 그는 깊은 산속을 쏘아가고 있는 중이다.

숲이 우거지고 삐죽삐죽 높은 봉우리들이 솟아 있지만 그에겐 문제 될 것이 추호도 없다.

그는 전방에 높은 봉우리의 정상을 향해 빠른 속도로 비스듬히 솟구쳐 올랐다.

봉우리 옆으로 돌아갈 수도 있지만 가고자 하는 방향을 정하기 위해서 되도록 높은 곳에 올라가 보려는 것이다.

고은산이 경공을 전개하여 달리고 있는 복건성과 절강성의 경계에 위치한 이 산의 높이는 천 장쯤이었는데 거기에 이 봉우리의 높이는 이백여 장이 훨씬 넘었다.

슈우우!

경공술의 극치인 어풍비행을 전개하여 한 줄기 바람처럼 봉우리 위로 둥실 떠오른 고은산은 상쾌한 바람이 전면에서 불어오는 것을 느꼈다.

그런데 그는 봉우리 정상에 내려서려다가 앞을 보고는 크게 놀랐다.

"허엇?"

봉우리 정상은 좁은 풀밭과 그다지 크지 않은 바위들이 어지럽게 널려 있었는데 그 가운데에서 두 사람이 마주 앉아서 무언가를 먹고 있었다.

고은산이 나직한 탄성을 터뜨렸는데도 두 사람은 그를 쳐다보지 않았다.

고은산은 그냥 지나칠 수가 없었다. 이런 산중에 그것도 높은 봉우리 위에서 마주 앉아서 태연하게 무언가를 먹고 있는 사람이 어디 흔한가 말이다.

고은산은 급히 신형을 멈추고 두 사람을 쳐다보았다.

두 사람은 중년의 일남일녀인데 마치 방금 하늘에서 하강한 것처럼 선풍도골의 탈속한 모습이었다.

남자는 한 뼘 길이의 검은 수염을 길렀고 여자는 마치 약사여래불처럼 자애롭고 온화한 용모였다. 고은산은 두 사람을 단지 바라보는 것만으로 심신이 깨끗하게 정화되는 것 같은 착각이 들었다.

고은산은 올해 팔십팔 세의 노인이지만 심후한 공력 덕분에 오십 대로 보였다.

그런데도 그는 중년으로 보이는 일남일녀에게 공손한 자세를 취했다.

"실례지만 두 분은 뉘시오?"

남자가 고은산을 보면서 빙그레 훈훈한 미소를 지었다.

"식사했소?"

그의 물음에 고은산은 어젯밤부터 아무것도 먹지 않았다는 사실이 기억났다.

배는 고프지만 초면에 같이 먹자고 덤벼들 수는 없는 노릇이라서 대답하지 않고 가만히 있었다.

넓고 평평한 바위에 마주 보고 앉아 있는 두 사람 앞에는 먹음직스러운 구운 오리와 육포, 말린 생선, 그리고 그윽한 주향을 풍기는 술까지 있었다.

그걸 보니까 고은산은 더욱 허기가 느껴져서 자신도 모르게 입안에 침이 고였다.

남자가 고은산의 소매를 살짝 잡아끌었다.

"앉으시오. 같이 먹읍시다."

몹시 허기가 진 참에 중년 남자가 두 번씩이나 같이 먹기를 청하자 고은산은 염치 불고하고 앉았다.

중년 남자가 여인에게 미소 지으며 공손히 말했다.

"어머니, 요깃거리가 더 있습니까?"

그 말에 고은산은 깜짝 놀라서 여인을 다시 보았다.

아름다우며 우아하고 그러면서 자애로운 미모를 지니고 있는 여인은 아무리 봐도 사십 대 나이로 중년 남자보다 어리게 보였다.

여인은 보자기를 풀어 고기산적과 전병 등을 꺼내서 차리며 미소 지었다.

"음식을 넉넉하게 준비하자는 네 말을 듣기를 잘했구나. 너는 언제나 선견지명이 있어."

중년 남자는 명랑하게 웃었다.

"하하하! 아버님을 닮아서 그렇습니다."

여인은 어느 누구하고도 비교할 수 없을 정도로 온화한 미소를 지었다.

"그래. 네가 그분을 가장 많이 닮았지."

고은산은 두 사람이 모자지간이라는 사실을 비로소 알게 되었다. 그렇게 생각하고 보니까 두 사람은 다정한 모자지간으로 보였다.

고은산은 여인이 챙겨주는 음식을 먹으면서 자연스럽게 그녀의 모습을 살피게 되었다.

음식은 어느 것 하나 맛있지 않은 것이 없었다. 고은산이 입에 넣고 몇 번 우물우물 씹다 보면 어느새 스르르 녹아서 목구멍으로 넘어갔다.

먹다 보니까 그는 먹는 것이 이처럼 기쁘고 행복할 수도 있다는 사실을 처음으로 깨달았다.

그런데 그는 바로 앞에 마주 보고 앉은 여인이 누굴 닮은 것 같은 생각에 자꾸 시선이 그녀에게 향했다.

그러다가 잠시 후에 그녀가 누구와 닮았는지 번뜩 생각이 나서 자신도 모르게 낮은 탄성을 흘려냈다.

"아……."

중년 남자와 여인이 동시에 고은산을 쳐다보았다.

두 사람은 아무 말도 하지 않았으나 고은산은 괜히 머쓱하여 얼버무렸다.

"하하… 부인을 많이 닮은 사람이 생각나서 그만……."

고은산의 입에서 이런 말이 나오면 사실 이 두 사람은 몹시 놀라야만 하는 이유가 있었다.

그런데도 두 사람은 전혀 아무렇지도 않은 표정이었다. 중년 남자가 지나가는 말처럼 물었다.

"누가 내 어머니처럼 아름답다는 것이오?"

고은산은 빙그레 미소 지으며 여인을 쳐다보았다. 다시 보니까 과연 여인의 미모는 사십 대인데도 천하절색이다.

"얼마 전에 두 명의 절색 소녀를 보았는데 그중에 한 여자가 부인을 닮았더군요."

무정신수는 고은산더러 철옥신수가 천군성주인 천상옥녀라는 사실을 밝히지 말라고 말했지 이런 식으로 말하는 것에 대해서는 별말이 없었다.

어쩌면 고은산이 설옥군을 이런 식으로 표현하는 것은 부옥령의 억압에 대한 작은 반항이라고도 할 수 있다.

여인은 보자기에서 다른 음식을 꺼내려고 뒤적였다. 그녀는 이런 얘기에 관심이 없는 것 같았다.

중년 남자는 마치 하룻밤 자기에는 어떤 객잔이 좋으냐는 듯이 여유롭게 물었다.

"우리는 서남쪽으로 가는 길인데 어머니를 닮은 여자를 볼 수 있으면 좋겠구려."

고은산은 얻어먹은 밥값을 한다는 기분으로 고개를 끄떡이며 서남쪽을 가리켰다.

"그녀는 반나절 전에 복주에 있었소."

"흠, 그렇군요."

음식과 술을 잘 얻어먹은 고은산은 모자와 작별을 고하며 포권을 했다.

"두 분 편히 가십시오."

중년 남자가 마주 포권했다.

"잘 가시오."

고은산은 봉우리 아래를 향해 훌쩍 신형을 날려 한 마리 독수리처럼 멋들어지게 날아내렸다.

모자는 고은산이 어풍비행을 전개하여 아스라이 사라지는 것을 물끄러미 바라보았다.

문득 중년 남자가 혼잣말처럼 나직이 중얼거렸다.

"자운(紫雲), 저 사람은 누구냐?"

그러자 어디선가 조용하고 공손한 여자의 목소리가 바람결에 들려왔다.

"장백파의 동천검제 고은산입니다. 우내십절 중에 한 명이기도 합니다."

중년 남자는 고개를 끄떡였다.

"그런가?"

중년 남자는 조금 전에 고은산이 가리킨 서남쪽 하늘을 바라보았다.

"화백(花柏), 먼저 가서 고은산이 말한 사람이 우리가 찾는 아이인지 확인하라."

"명을 받듭니다."

바람 속에서 그런 잔잔한 목소리가 들려왔을 뿐 아무런 기척도 나지 않았다.

중년 남자는 미풍에 머리카락과 옷자락을 날리고 있는 여인에게 공손히 말했다.

"어머니, 가시겠어요?"

"그러자꾸나."

중년 남자는 가볍게 휘파람을 불었다.

삐이익~

휘파람의 여운이 채 사라지기도 전에 허공 높은 곳에서 어떤 소리가 들렸다.

펄럭…….

두 사람의 머리 위 높은 곳에 한 마리 거대한 새가 나타나더니 빠른 속도로 하강했다.

활짝 펼쳐진 양쪽 날개의 길이가 무려 칠팔 장에 이르고 머리에서 꼬리까지 십여 장, 아래로 뻗은 두 다리는 전각의 기둥처럼 억세고 호미처럼 꺾인 검은색의 발톱은 강철 고리처럼 억세 보였다.

전설의 대붕(大鵬)이었다.

스사아아…….

대붕은 날개를 그다지 펄럭이지도 않고 활짝 펼친 채 하강하여 두 사람 옆에 내려섰다.

대붕의 등 한복판에는 가로세로 일 장 크기의 가마가 묶여 있으며 가마에는 푹신한 의자 두 개가 놓여 있었다.

대붕은 모자를 보며 고개를 숙인 채 꾸르륵거리며 물었다.

모자는 훌쩍 몸을 띄워서 깃털처럼 가볍게 가마의 의자에 살포시 앉았다.

가마의 앞쪽에는 마차의 마부석 같은 것이 있으며 그곳에 자색의 꽃잎 같은 옷을 입은 삼십 대 미부가 일어서서 공손히 두 사람을 맞이했다.

"어서 오시어요."

중년 남자가 찻주전자를 기울여서 찻잔에 차를 따르면서 여자에게 말했다.

"어디로 가는지 알겠느냐?"

여자는 공손히 대답했다.

"서남쪽입니까?"

"그래. 화백이 먼저 갔으니까 소식이 올 게야."

여자, 자운이 대붕의 목을 부드럽게 쓰다듬었다.

"가자, 소천(小天)아."

대붕은 두 다리로 가볍게 지상을 박차고 솟구쳤다.

펄럭!

단지 한 번 솟구치고 날개를 펄럭였을 뿐인데 대붕은 순식간에 수백 장 창천으로 떠올랐다.

대붕은 구름을 뚫고서도 한참이나 더 솟구쳐 올랐다가 이윽고 수평으로 방향을 잡고 느릿느릿 날개를 저었다.

*   *   *

진천룡 일행은 말을 타기로 했다.

다각다각…….

진천룡과 설옥군, 부옥령 세 사람이 탄 세 필의 준마는 관도를 천천히 걸어갔다.

진천룡은 일단 요천사계의 일을 해결하기로 했다.

요마십구령 아미의 말에 의하면 복건요부(福建妖部)가 취봉문은 물론이고 복건성 전체의 무림과 요계를 관장한다고 했다.

복건요부의 '요부'라는 것은 타 문파의 지부와 같은 조직이며 아미는 복건요부의 두 명의 부지부주 중 한 명이다.

요천사계 복건요부는 복주에서 남쪽으로 삼백여 리쯤 떨어진 장태현(長泰縣)에 있다고 한다.

폭이 넓은 관도에는 많은 사람들과 수레, 마차들이 분주하게 오가고 있다.

진천룡 등은 행인들에게 불편을 주지 않으려고 관도 가장자리에서 일렬로 천천히 가고 있다.

진천룡이 앞서고 그 뒤에 설옥군과 부옥령이 따랐다.

세 사람은 말을 타고 있으므로 각자의 거리가 최소 일 장 이상 떨어져 있다.

진천룡은 뒤따르는 설옥군을 뒤돌아보았다.

"불편하지 않습니까?"

그녀를 바라보는 그의 두 눈에서는 꿀이 뚝뚝 떨어지는 것처럼 사랑이 넘쳤다.

"불편해요."

설옥군의 뜻밖의 대답에 진천룡은 깜짝 놀라서 급히 말을 멈추었다.

"어디가 불편합니까?"

설옥군은 방그레 웃었다.

"천룡과 멀리 떨어져 있어서 불편해요."

진천룡은 고개를 갸웃거렸다.

"멀리……"

그와 설옥군은 일 장 거리를 둔 채 가고 있는데 그게 어째서 멀리 떨어져 있는 것인지 진천룡은 순간적으로 이해를 하지 못했다.

그러다가 설옥군 뒤쪽에 있는 부옥령이 입술을 삐죽거리는 모습을 봤다.

그녀는 아무 말도 하지 않았지만 삐죽거리는 입술이 분명히 '밥통, 그것도 몰라요?'라고 말하고 있었다.

부옥령은 설옥군만큼 아름다우며 또 다른 매력이 있다. 설옥군이 우아하고 고매한 기품이 깃들어 있는 아름다움이라면 부옥령은 가시 돋친 장미에 활달하며 도도한 아름다움을 지니고 있다.

특히 부옥령이 입술을 삐죽거릴 때 가장 아름답고 귀여운데 그럴 때면 진천룡은 넋을 잃는다.

지금도 그는 부옥령이 입술을 삐죽거리는 것을 보고 본의 아니게 넋이 나가 그녀를 멀뚱히 응시하고 있다.

설옥군은 진천룡이 자신의 뒤쪽을 보고 있다는 사실을 알고 뒤돌아보았다.

부옥령은 얼른 입술을 원래대로 하고 아무렇지도 않은 듯 시치미를 뗐다.

설옥군은 부옥령이 뭔가를 해서 진천룡이 넋이 빠졌다는 사실을 알지만 부옥령을 닦달하지는 않았다.

또한 설옥군은 진천룡과 부옥령이 친밀한 사이지만 자신과 진천룡 같은 애정적인 관계는 아니라고 믿고 있으며 사실이 그랬다.

슛—

설옥군이 갑자기 자신의 말고삐를 쥐고 둥실 떠오르더니 마상의 진천룡 뒤에 살짝 내려앉았다.

진천룡은 깜짝 놀랐으나 그녀의 의도를 깨닫고 기분이 좋아져서 빙그레 웃었다.

"어서 오십시오. 먼 길에 고생 많았습니다."

"풋!"

진천룡이 과장된 몸짓으로 정중하게 고개를 숙이며 말하자 설옥군은 손으로 입을 가리고 웃었다.

진천룡은 설옥군 손에서 말고삐를 받아 자신의 말 꼬리에

묶고는 두 손으로 그녀의 가느다란 허리를 안고 번쩍 들어 자신의 앞에 살짝 내려놓았다.

"아······."

설옥군이 화들짝 놀라자 진천룡은 빙그레 미소 지었다.

"뒤보다는 앞이 좋습니다."

진천룡은 그렇게 말해놓고 설옥군이 자신의 뒤에 타는 것과 앞에 앉는 것을 상상해 보고는 얼굴을 붉혔다.

뒤에 타면 그녀가 두 팔로 그를 안을 텐데 그러면 그녀의 몸 앞면이 그의 등에 밀착할 것이다.

'으ㅎㅎㅎ······.'

그런 상상을 하니까 진천룡은 너무 좋아서 몸이 가늘게 부르르 떨렸다.

반대로 설옥군이 앞에 앉게 되면 진천룡이 말고삐를 잡았을 때 그녀의 자그마한 몸이 그의 품안에 고스란히 하나 가득 안기게 된다.

하나는 설옥군이 그를 안는 것이고 다른 하나는 그가 그녀를 안는 것이다.

둘 다 좋다. 그렇지만 그녀가 그의 품 안에서 보호를 받으며 편안하게 있는 쪽이 더 좋다.

진천룡이 두 손으로 말고삐를 잡으니까 설옥군이 그의 두 팔 안에 갇힌 격이 되었다.

그것도 좋았다. 그녀가 어디에 가지 못하도록 꼼짝 못 하게 가둔 것 같은 기분이기 때문이다.

설옥군도 그런 느낌이 들었는지 고개를 돌려서 뒤돌아보는데 뜻밖에도 포근한 표정을 짓고 있었다.

진천룡은 자신을 돌아보는 그녀가 너무 예쁘고 소중하다는 생각에 얼른 고개를 숙여 뺨에 입맞춤을 했다.

설옥군은 눈을 약간 크게 뜨고 놀라는 표정을 짓더니 얼굴을 살짝 붉히며 앞을 보았다.

진천룡은 기분이 흡족해져서 발뒤꿈치로 말의 옆구리를 가볍게 툭 찼다.

"이랴!"

다각다각…….

말이 출발하자 설옥군의 몸이 주춤 뒤로 밀렸다.

진천룡은 양팔을 좁히고 그녀가 빠져나가지 못하게 하면서 말했다.

"뒤로 편하게 누우십시오."

그러자 그녀가 조심스럽게 뒤로 눕는데 몸이 단단하게 경직된 것이 느껴졌다.

진천룡은 그녀의 귀에 입을 가까이 대고 속삭였다.

"힘 빼요."

그러자 잠시 후에 설옥군의 단단했던 몸이 조금씩 풀어지기 시작했다.

진천룡은 너무 행복해서 꿈을 꾸는 것만 같았다.

한낮의 날씨는 찌는 듯이 더웠지만 그까짓 것은 아무래도 상관이 없었다.

그는 챙이 넓은 큰 양산을 활짝 펼쳐서 설옥군에게 그늘을 만들어주었다.

설옥군은 그의 넓은 가슴에 비스듬히 눕듯이 안겨서 매우 편안한 모습이다.

다각다각…….

세상에 전혀 바쁠 일이 없는 것처럼 말은 천천히 관도를 따라 느릿느릿 걸어갔다.

진천룡과 설옥군은 많은 대화를 나누었다. 한 가지 주제에 국한되지 않고 이것저것 여러 사건을 넘나들면서 주거니 받거니 얘기를 했다.

어느덧 진천룡 일행은 산길로 접어들었다. 관도이기는 하지만 가파른 산길이라서 바쁘지 않은 사람들은 평평하고 넓은 길로 가고 진천룡은 한적한 산길을 택했다.

부옥령은 앞선 진천룡의 듬직한 뒷모습을 보고 뒤따르면서 연신 흐뭇한 미소를 지었다.

그녀는 마음속 깊이 진천룡을 사랑하면서도 그와 설옥군이 다정한 모습이 너무도 보기가 좋았다.

진천룡 품에 안겨 있는 여자가 자신이었으면 하고 바라면서도 설옥군이 행복한 모습을 보니까 그녀도 행복해서 마음이 푸근해졌다.

그때 부옥령은 어디선가 물 흐르는 소리를 듣고 주위를 두리번거렸다.

길에서 멀지 않은 곳에 맑은 계류가 흐르고 있는 것이 나무 사이로 보였다.

그러고 보니까 점심 식사를 할 시간이 훨씬 지났다.

부옥령은 계류 근처에 자리를 깔고 요기를 하는 것이 좋겠다고 생각했다.

"주군, 좀 쉬었다 가지요."

그녀가 말했지만 진천룡의 말은 멈추지 않고 느릿느릿 산길을 오르고 있다.

진천룡이 듣지 못했을 리가 없다. 설옥군하고 저러고 있는 것이 좋으니까 미상불 못 들은 체하는 것이 분명하다.

진천룡과 설옥군이 저러고 있는 게 보기 좋으면서도 진천룡이 이런 식으로 나오면 심통이 나는 부옥령이다.

그녀는 냅다 잰걸음으로 달려가서 가타부타 말 꼬리를 덥석 잡아버렸다.

히히힝!

말이 급히 멈추자 마상의 진검룡과 설옥군이 떨어질 것처럼 출렁거렸다.

"무슨 일이냐?"

다 알면서도 짐짓 모르는 체 시치미를 떼는 진천룡이 부옥령은 얄밉기 짝이 없었다.

그녀는 말고삐를 길가 나무에 주섬주섬 묶으면서 태연하게 말했다.

"밥 먹고 가요."

"무슨 배가 고프다고……."

부옥령은 발끈했다.

"사랑놀음에 빠진 사람은 배고프지 않을지 모르지만 나는 아니라고요."

진천룡은 어? 하는 표정으로 부옥령을 쳐다보다가 조금 미안한 표정을 지었다.

그러고 보니까 여기까지 오는 두어 시진 동안 그는 설옥군하고만 대화하느라 노닥거렸을 뿐 부옥령은 뒤따라오는지 마는지 신경도 쓰지 않았었다.

설옥군이 잠시 볼일을 보러 간 사이에 진천룡은 멍석과 요깃거리를 갖고 계류로 내려가는 부옥령을 따라붙어 쫄레쫄레 따라갔다.

[령아, 화났니?]

부옥령은 손톱만큼도 화가 나지 않았지만 진천룡의 말을 들으니까 골려줄 셈으로 화난 체했다.

[흥! 둘이서만 알콩달콩하니까 좋았어요?]

진천룡은 부정하지 않았다.

[응. 좋긴 하더라.]

그 말을 들으니까 부옥령은 입술이 댓 발이나 나왔다. 화가 나는 게 아니라 그렇게 말하는 진천룡이 얄미웠다.

[소저하고 뽀뽀했나요?]

뒤따르는 부옥령은 진천룡의 몸이 워낙 커서 설옥군의 모습은커녕 두 사람이 무얼 했는지 보이지도 않았다.

진천룡은 느물느물 웃었다.

[그럼, 했지.]

부옥령은 입술을 더 내밀었다.

[다른 짓도 했나요?]

[옥군을 만지기도 했다.]

[어… 어딜요?]

사실 진천룡은 설옥군을 만지지는 않았지만 부옥령의 반응이 재미있어서 골려주고 싶었다.

그는 걸음을 멈추고 눈을 동그랗게 뜬 채 자신을 쳐다보는 부옥령의 봉긋한 가슴을 손가락으로 쿡! 찌르며 싱글벙글 웃었다.

[여기.]

[아……! 어… 어딜…….]

앙칼지게 반응하면서도 부옥령은 찔린 부위에서부터 번갯불 같은 찌릿함이 온몸으로 퍼지는 것을 느꼈다.

그런데 진천룡의 손이 멈추지 않고 아래로 향하더니 부옥령의 그곳을 쿡! 찔렀다.

[여기도 만졌지.]

그는 부옥령의 임독양맥을 소통하고 벌모세수와 환골탈태를 해주는 과정에, 그리고 그녀가 여러 번 다쳤을 때마다 치료를 하느라 그녀의 소중한 부위고 뭐고 수도 없이 만졌으므로 아주 태연하게 그곳을 찔렀다.

'악!'

부옥령은 비명을 목구멍 안으로 삼키면서 두 눈을 화등잔처럼 크게 떴다.

그러나 놀라움은 잠깐이고 부옥령은 바짝 긴장해서 숨을 멈추었다.

[정말 소저의 그곳을 만졌어요?]

[응.]

원래 거짓말은 거짓말을 낳는 법이다. 기왕지사 내친걸음이라 진천룡은 가슴을 내밀고 고개를 끄떡였다.

부옥령은 놀란 얼굴로 그를 말끄러미 바라보다가 홱! 고개를 돌리고는 계류로 달려 내려갔다.

'아뿔싸……!'

진천룡은 그녀의 화를 풀어준다는 것이 도리어 화나게 만들었음을 깨달았다.

그는 부옥령을 따라 내려가며 한껏 다정한 목소리로 불렀다.

[령아, 그게 아니라 내 말 좀 들어봐라.]

[들을 것도 없어요. 가까이 오면 확 물어버릴 거예요.]

부옥령이 그를 보며 흰 치아를 드러내면서 표독한 표정을 지었다.

그런데 바로 그때였다.

"아앗!"

멀지 않은 곳에서 설옥군의 다급한 비명이 터졌다.

진천룡과 부옥령은 안색이 급변하여 비명이 들려온 곳을 쳐다보았다.

다음 순간 두 사람은 전력으로 그곳을 향해 쏘아갔다.

슈우웃!

그 순간 전방에서 거센 바람이 일었다.

파아아―!

"우웃!"

"앗!"

진천룡과 부옥령은 주춤하다가 그대로 몸이 굳어버렸다.

솨아아아―!

숲 위에 있던 그 무언가가 하늘로 둥실 떠오르고 있었다.

진천룡과 부옥령은 집 한 채 크기의 거대한 새가 날개를 활짝 벌린 채 수직으로 솟구치고 있는 광경을 보고 그 자리에 얼어붙었다.

두 사람은 그 자리에 돌이 된 것처럼 굳어 있다가 진천룡이 먼저 정신을 차렸다.

그는 전력으로 솟구쳐 오르며 목이 터져라 외쳤다.

"옥군―!"

슈우우!

젖 먹던 힘을 다해서 솟구치지만 거대한 새 대붕이 솟구쳐
오르는 속도에 비해서 절반에도 미치지 못했다.

"소저!"

한발 늦게 부옥령도 쏘아 오르며 목청껏 외쳤다.

두 사람은 지상에서 백여 장까지 솟구쳤으나 대붕의 모습은
아스라한 창공에 하나의 작은 점으로 화했다.

第百五十一章

실종

진천룡은 지상에서 무려 이백여 장이나 되는 까마득한 하늘에서 멈췄다.

그는 머리 위 사방을 두리번거렸다. 머릿속이 하얗게 비어버린 느낌이다.

선 채로 서서히 하강하고 있지만 그는 그런 사실을 조금도 느끼지 못했다.

그때 간발의 차이로 솟구친 부옥령이 그의 옆에 이르러 신형을 멈추고 급히 외쳤다.

"무슨 일이에요? 소저는요?"

진천룡은 멍한 얼굴로 중얼거렸다.

"모르겠어……."

부옥령은 급히 주위를 두리번거렸다.

"대붕은 어디로 갔죠?"

"그게 대붕이냐?"

"그놈이 소저를 데려간 건가요?"

부옥령은 물음을 물음으로 답했다.

"아……!"

진천룡은 그제야 정신이 번쩍 들었다.

조금 전에 설옥군의 비명이 들린 직후에 대붕이라는 것이 날아올랐었다.

오비이락(烏飛梨落), 까마귀 날자 배 떨어지는 것처럼 설옥군의 비명과 대붕이 날아오른 것이 우연일 수도 있다. 꼭 둘을 연관 지을 필요는 없는 것이다.

슈욱!

진천룡이 머리를 아래로 하여 쏜살같이 하강하자 부옥령이 급히 뒤따르며 외쳤다.

"어디 가요?"

마음이 급한 진천룡은 대답하지 않고 조금 전에 설옥군의 비명이 들렸던 지점으로 내리꽂히며 크게 외쳤다.

"옥군! 어디에 있습니까?"

그는 숲속으로 뛰어들어 이리저리 미친 듯이 돌아다니면서 설옥군을 불렀다.

"옥군―! 다친 겁니까? 대답하세요!"

하강하던 부옥령은 그제야 진천룡의 의도를 알아차렸다. 그는 설옥군과 대붕은 상관이 없다고 생각하는 것이다. 아니, 그러기를 바라는 것이다.

우지끈! 뿌지직! 쫘꽝!

진천룡은 미친 사람처럼 숲속을 이리저리 쏘다니면서 거치적거리는 것들은 나무든 바위든 모조리 부러뜨리고 박살 내며 전진했다.

부옥령은 진천룡의 반대쪽 숲속을 뒤지면서 애타게 설옥군을 불렀다.

"옥군―! 어디에 있습니까?"

"소저! 무슨 일이 있나요?"

반 시진 후에 진천룡과 부옥령은 처음 말을 묶어놓은 곳에서 넋을 잃고 서 있을 수밖에 없었다.

이 근처 십여 리 일대를 샅샅이 뒤졌지만 설옥군을 발견하지 못했다.

대붕하고 설옥군은 상관이 없을 것이라던 바람은 단지 바람으로 끝나고 말았다.

설옥군은 괴한에게 제압당해서 대붕에 태워져 아스라한 창공으로 사라진 것이 분명했다.

그것은 진천룡으로서는 도저히 이해할 수 없는 일이다. 도대체 누가 무엇 때문에 설옥군을 데려갔는지 단서가 될 만한 것이 하나도 없었다.

진천룡은 참담한 표정으로 하늘을 올려다보았다. 구름 한 점 없이 새파란 하늘은 손가락으로 퉁기면 쩽! 소리를 내며 깨질 것만 같았다.

대붕이 설옥군을 납치하여 저 망망한 창공으로 사라진 것이 틀림없다.

그렇지만 진천룡은 어떻게 해야 할지 아무런 생각도 들지 않았다.

목숨보다 더 사랑하는 설옥군이 어떤 방향으로 끌려갔는지 뻔히 알면서도 이렇게 속수무책 멀거니 서 있어야만 한다는 사실 때문에 죽고만 싶은 심정이다.

부옥령은 착잡한 표정으로 대붕이 사라진 먼 하늘을 물끄러미 바라보았다.

그녀의 표정은 진천룡과는 다르다. 진천룡은 세상을 온통 잃어버린 것 같은 표정이지만 그녀는 무엇인가를 원망하는 표정을 짓고 있다.

'어째서 하필 이럴 때……'

그녀는 아까 그 대붕을 예전에 한 번 본 적이 있었는데 여기에서 다시 보게 될 줄은 꿈에도 예상하지 못했다.

부옥령은 설옥군의 진짜 신분에 대해서 알고 있는 극소수의 사람 중 한 명이다.

수만 년 전부터 전해 내려오는 전설에 의하면 천하 어딘가에
는 신비한 신의 땅, 성소(聖所)인 천하이대성역(天下二大聖域)이
있다고 한다.

성신도(聖神島).

무극애(無極崖).

그곳에는 인간이 아닌 신선들이 산다고 할 뿐 더 이상은 아
무것도 알려지지 않았다.

그런데 설옥군이 바로 천하이대성역의 하나인 성신도 사람
인 것이다.

예전에 성신도 사람들이 설옥군을 만나러 왔을 때 아까 그
대붕을 타고 왔었다.

부옥령의 생각은 이렇다. 설옥군이 기억을 잃어서 오랫동안
천군성에 돌아가지 않으니까 그 사실을 알게 된 성신도에서 그
녀를 직접 찾으러 나온 것이다.

성신도 사람들이 설옥군을 어떤 방법으로 찾아냈는지에 대
해서는 궁금하게 여길 필요가 없다.

부옥령이 알고 있는 한 성신도 사람들에겐 불가능이라는 것
이 없기 때문이다.

모르긴 해도 아마 성신도 사람들은 설옥군의 잃어버린 기억
도 회복시켜 줄 것이다.

부옥령은 가만히 진천룡을 바라보다가 가슴이 시린 표정을
지었다.

진천룡은 마치 영혼이 없는 사람처럼 멍한 얼굴로 하늘을 바라보고 있었다.

부옥령은 진천룡의 현재 심정이 어떨지 십분 이해하고도 남음이 있다.

부옥령이 봤을 때 세상천지에 진천룡만큼 정의롭고 선하며 신뢰가 가는 사람은 두 번 다시 없을 것이다.

여북하면 철의 심장을 지녔다고 하는 부옥령이 그를 사랑하게 되었겠는가.

또한 설옥군이 비록 기억을 잃었다고 하지만 도도하고 냉정하며 이지적인 본질은 간직하고 있었다.

부옥령이 설옥군을 다시 만나서 쭉 지켜본 바로는 그렇다. 그런 그녀조차도 사랑하게 된 남자라면 과연 진천룡은 천하제일의 기남자가 아니겠는가.

진천룡과 설옥군이 서로 얼마나 사랑하는 사이였는지는 어느 누구보다도 부옥령이 잘 알고 있다.

진천룡을 목숨보다 더 사랑하게 된 사람은 설옥군만이 아니다. 부옥령도 그렇게 돼버렸다.

설옥군도 그렇겠지만 부옥령 역시 천하에서 자신이 진천룡을 가장 많이 사랑한다고 믿는다.

두 여자가 진천룡을 사랑하다가 한 여자가 사라졌다면 남은 한 여자가 기뻐해야 마땅한데 부옥령은 그런 마음이 추호도 들지 않았다.

진천룡은 부옥령이 자신을 물끄러미 응시하고 있는데도 그런 사실을 전혀 모른 채 멍하니 하늘만 바라보고 있다.

석상이 돼버린 듯 진천룡은 그 자리에서 움직이지 않았다.

밤이 됐는데도 진천룡은 그 자리를 지키고 있었다.

설옥군이 사라졌던 그 자리를 지키고 있으면 그녀가 다시 돌아올지도 모른다는 막연하고도 가느다란 희망을 품고 있기 때문이었다.

암중에서 진천룡을 따르던 청랑과 은조, 훈용강, 옥소, 그리고 취봉문의 세 여자들도 하나둘씩 모습을 드러내 그의 곁에 모여들었다.

진천룡은 산길 가장자리 나무 아래 책상다리를 하고 앉아서 석상이 된 것처럼 꼼짝도 하지 않았다.

측근들이 나타나서 진천룡 주변에 모였지만 어찌 된 영문인지 아는 사람은 아무도 없다.

진천룡 옆을 지키고 있는 부옥령도 굳게 입을 닫고 있어서 사람들은 두 사람의 눈치만 보고 있었다.

다만 설옥군의 모습이 보이지 않으니 그녀에게 무슨 변고가 생겨서 진천룡과 부옥령이 크게 상심하고 있는 것이 아닌가 하고 짐작을 할 뿐이다.

진천룡은 측근들이 왔는지도 모르는 듯 약간 고개를 숙이고 눈을 굳게 감고 있었다.

　　　　　　*　　　　　*　　　　　*

　여인은 자신의 앞에 마주 보고 앉아 있는 설옥군을 자상하게 바라보았다.

　"군아, 오랜만이로구나."

　설옥군은 혈도가 제압된 상태라서 움직이지 못하지만 날카로운 시선으로 여인을 쏘아보았다.

　여인은 설옥군의 사나운 눈빛을 보고는 온화한 미소를 지으며 말했다.

　"군아, 너는 어째서 할미를 그리 무섭게 쏘아보는 것이냐?"

　그러자 설옥군의 눈동자가 가볍게 흔들렸다.

　여인과 그녀의 아들이 조금도 움직이지 않았는데도 설옥군의 제압됐던 아혈이 풀렸다.

　설옥군은 의아한 표정으로 여인을 바라보았다.

　"할미라니… 무슨 말인가요?"

　여인은 옆에 앉은 아들을 보며 말했다.

　"나를 알아보지 못하다니, 군아의 머리가 어떻게 된 모양이로구나."

　"그런 것 같습니다, 어머니."

　움직이지 못하는 설옥군은 눈동자를 굴려서 두 사람을 번갈아 쳐다보았다.

아까 설옥군은 숲속 은밀한 곳에서 볼일을 보고 돌아오다가 눈앞에 있는 남자와 마주쳤었다.

남자는 반갑게 '군아' 하고 그녀의 이름을 불렀다.

설옥군이 누구냐고 묻자 남자는 어이없는 표정으로 자신을 모르겠냐고 물었다.

설옥군이 모른다고 하자 남자는 잠시 고개를 갸웃거리다가 불쑥 손을 내밀어 그녀를 제압했다.

설옥군은 남자가 공격하는 순간 반격하려고 했는데 그 전에 이미 제압되고 말았다.

설옥군은 우내십절 중에 한 명인 고은산조차도 간단하게 굴복시킬 정도의 초극고수인데 이 남자에겐 일초식조차 반격하지 못하고 제압된 것이다.

설옥군은 의아한 표정을 지었다.

"당신들… 누군가요?"

여인이 반문했다.

"군아, 너 기억을 잃었느냐?"

"…네."

설옥군은 자신이 이 사람들을 알고 있는데 기억을 잃었기 때문에 알아보지 못하는 것이라고 짐작했다.

"그랬었구나. 그래서 네가 천군성으로 돌아오지 않았던 거였구나."

설옥군은 그녀가 하는 말을 알아듣지 못했지만 지금이 자신에게 매우 중요한 순간이라고 직감했다.

"당신들, 누구죠?"

그녀가 두 번째로 물었지만 여인은 듣지 못한 듯 아들에게 말했다.

"군아의 기억을 되찾아주어라."

"네, 어머니."

남자가 자신을 향해 손을 뻗자 설옥군은 움찔 놀랐다.

"무슨 짓이에요?"

남자는 자상하게 미소 지었다.

"네 기억을 되찾아주려는 것이다."

"그런 방법이 있나요?"

"너의 머릿속에 진기를 조금 주입할 것이다."

설옥군은 그를 말끄러미 주시했다.

"당신은 누구죠?"

남자는 더할 수 없이 온화하게 미소 지었다.

"네 아비다."

"아⋯⋯."

설옥군은 남자의 말이 사실이라고 믿었다. 믿지 않을 이유가 없으며 남자의 자상하고 온화한 미소가 그의 말이 진실임을 대변하고 있었다.

슥—

"두려워하지 말고 눈을 감아라."

설옥군은 눈을 감는 대신 자신이 아버지라고 말한 남자에게
물었다.

"제 기억을 되찾게 되면 기억을 잃은 후에 만든 새로운 기억
을 잃어버리게 되나요?"

"그건 모르겠구나. 나는 기억을 잃은 사람을 치료해 본 적이
없어서 말이다."

설옥군은 잠시 갈등했다. 잃어버린 기억을 되찾는 것은 무엇
보다 중요한 일이지만 그보다는 사랑하는 진천룡과의 기억을
잃게 될까 봐 염려가 됐다.

남자가 자상한 표정으로 물었다.

"왜 그러느냐?"

설옥군은 솔직하게 대답했다.

"새로운 기억을 잃게 될까 봐 두려워요."

"그 기억을 잃을 수도 있고 그렇지 않을 수도 있단다. 그렇다
면 너는 기억을 잃은 채 지금처럼 살아갈 수 있겠느냐?"

설옥군은 잠시 복잡한 표정을 지으며 생각에 잠겼다. 그녀에
게 있어서 잃었던 기억을 되찾는 일은 무엇보다도 중요한 일인
데도 불구하고 이렇게 갈등할 정도로 진천룡을 사랑하고 있는
것이다.

잠시 후에 설옥군은 남자에게 물었다.

"제가 어떻게 하면 좋을까요?"

"나는 네 선택을 존중할 거야. 그렇지만 내가 너라면 우선

기억을 되찾는 쪽을 선택할 것이다."

*　　　　*　　　　*

결국 부옥령은 진천룡에게 한 가지 사실을 말해주기로 마음 먹었다.

아무것도 모른 채 더 이상 물을 빨아들이지 못하는 나무처럼 버석버석 말라가는 그의 모습은 더 이상 볼 수가 없다는 판단에서다.

부옥령은 측근들에게 손을 저었다.

"물러가라."

측근들은 군말 없이 썰물처럼 사라졌다.

나란히 앉아 있는 진천룡과 부옥령 앞에는 모닥불이 타오르고 있었다.

부옥령은 착잡한 표정으로 진천룡을 바라보았다.

진천룡은 세상을 통째로 잃은 사람처럼 멍하니 밤하늘을 바라보고 있다.

진천룡을 진심으로 사랑하고 있는 부옥령이지만 설옥군이 사라진 것을 추호도 기뻐하지 않았다.

부옥령은 그 정도로 야비하고 지독한 성격이 아닐뿐더러 설옥군이 있어야지만 자신도 정정당당하게 진천룡을 사랑할 수 있다고 믿는다.

더구나 진천룡이 설옥군을 얼마나 사랑하는지, 그리고 그녀를 잃은 지금 그의 상심이 얼마나 깊을지 충분히 짐작하고 있는데 부옥령이 그의 사랑을 독차지하려고 든다면 그야말로 철면피나 다름이 없는 짓이다.

"주인님."

부옥령이 조용한 목소리로 불렀으나 그는 듣지 못한 듯 미동도 하지 않았다.

그녀는 진천룡과 단둘이 있을 때에만 그를 '주인님'이라고 부른다.

두 사람은 최초에 부옥령의 강한 의지 때문에 주종 관계로 맺어졌었기 때문이다.

"주인님, 아까 대붕 말이에요."

그래도 진천룡이 밤하늘만 응시하고 있자 부옥령이 두 손을 뻗어 그의 뺨을 부드럽게 잡고 자신 쪽으로 돌렸다.

"주인님."

진천룡은 멍한 얼굴로 눈을 껌뻑거렸다.

"뭐냐?"

"드릴 말씀이 있어요."

"해봐라."

"아까 그 대붕 말이에요."

"대붕?"

"소저를 태워 갔을 것이라고 추측하는 그 대붕, 주인님도 보셨잖아요."

진천룡은 심드렁했다.

"그런데?"

"그게 뭔지 알 것 같아요."

진천룡은 정신이 번쩍 들어 두 손으로 부옥령의 어깨를 움켜잡았다.

"그게 뭐냐?"

부옥령은 차분하게 설명했다.

"천하이대성역 중 하나인 성신도의 영물인데 신대붕(神大鵬)이라고 해요."

"성신도와 신대붕!"

진천룡은 여태까지 흐리멍덩한 모습이었지만 지금은 언제 그랬느냐는 듯 눈빛이 날카로워졌다.

"그게 뭐냐? 자세히 설명해 봐라!"

부옥령은 설옥군의 신분에 대해서 구체적으로 자세히 설명할 수는 없지만 성신도에 대해서는 자신이 알고 있는 것을 얘기하기로 마음먹었다.

"성신도는 달리 여의신궁(如意神宮)이라고 불리며 동해 바다 너머 창해(滄海)에 있다고 알려져 있어요."

"창해?"

진천룡은 창해라는 말을 한 번도 들어본 적이 없었다.

"거기가 어디냐?"

"동쪽에는 동해 바다가 있고 그 너머에 고려국(高麗國)이 있는데 고려국 동해 바다를 창해라고 해요. 우리 중원의 동해 바다하고는 비교도 할 수 없을 정도로 광대하다는군요."

"그러면 중원 동해 바다의 동쪽 끝에는 고려국이 있으며 고려국의 동쪽에 또 다른 동해 바다가 있는데 그게 창해라는 것이냐?"

"네. 고려국 동쪽 바닷가에서 일만 리나 더 가야지만 성신도가 있다고 해요."

"여기에서 얼마나 머냐?"

부옥령은 잠시 계산한 후에 대답했다.

"대략 삼만 리는 될 거예요. 그보다 더 멀 수도 있고요."

"삼만 리……."

부옥령은 진천룡이 지금 당장 성신도로 찾아가겠다고 나설까 봐 얼른 방패막을 쳤다.

"중원의 동해 바다도 험하지만 고려국의 창해는 사시사철 폭풍이 몰아친다는군요. 집채 열 배만 한 거대한 선박도 가랑잎처럼 뒤집어진다고 해요."

부옥령은 진천룡이 성신도에 가겠다고 하는 마음을 원천적으로 봉쇄할 생각이다.

진천룡은 미간을 잔뜩 좁히고 진중하게 중얼거렸다.

"성신도에서 무엇 때문에 옥군을 데리고 간 걸까?"

그는 부옥령이 아무리 무불통지이지만 그것까지는 모를 것이라고 짐작했다.

"제 생각에 소저는 성신도 사람인 것 같아요."

거기까지는 미처 생각하지 못했던 진천룡은 크게 놀라서 벌떡 일어섰다.

"맞다!"

그는 일어선 채 밤하늘을 보며 여태까지보다 밝은 목소리로 말했다.

"그럴 가능성이 큰 것 같아!"

그는 부옥령을 보며 매우 진지하게 물었다.

"너는 어째서 그렇게 생각하는 거지?"

진천룡의 반응에 부옥령은 힘이 났다.

"성신도는 지금껏 중원의 일에 일절 관여하지 않았었어요. 중원에 큰 환란이나 변괴가 생겨서 사람들이 어찌지 못할 때만 개입을 하여 해결해 주었지요."

진천룡은 고개를 끄떡였다.

"성신도에는 좋은 사람들이 살고 있군."

"그럼요. 중원에서는 성신도를 신처럼 숭상하고 있어요."

부옥령은 침을 삼키고 나서 다시 말을 이었다.

"성신도 사람이 소저를 데려갔다면 소저가 성신도 사람일 가능성이 커요."

그녀는 설옥군이 성신도 출신이라는 사실을 익히 알고 있었지만 시치미 뗐다.

진천룡은 눈을 빛냈다.

"그렇다면 성신도 사람들이 옥군을 해치지는 않겠지?"

부옥령은 크게 고개를 끄떡였다.

"당연하죠. 설혹 성신도 사람이 아니라고 해도 성신도는 사람을 함부로 해치지 않아요."

진천룡은 크게 안도의 한숨을 토해냈다.

"아아… 그렇다면 안심이로군. 정말 안심이야……!"

그는 괴한이 설옥군을 납치하여 해를 입힐까 봐 그걸 크게 염려하고 있었던 것이다.

그는 두 손을 비비면서 웃기까지 했다.

"하하하! 나는 그것도 모르고 괜한 걱정을 했구나."

부옥령은 조심스레 물었다.

"이제 주인님께선 어쩌실 건가요?"

진천룡은 잠시 생각한 후에 대답했다.

"나는 옥군이 돌아올 거라고 믿는다."

부옥령은 예상하지 못했던 말에 반색했다.

"그렇죠?"

진천룡은 크게 고개를 끄떡였다.

"그래. 내 생각에도 옥군이 성신도 사람이 거의 확실한 것 같다. 그러니까 옥군은 무사할 거란 얘기지."

부옥령도 고개를 끄떡이면서 맞장구를 쳤다.

"그야 당연하죠."

진천룡 얼굴에 웃음이 점점 짙어졌다.

"옥군은 내가 어디에 있는지 그리고 영웅문을 잘 알고 있으니까 오래지 않아서 돌아올 것이다."

"그럴 거예요."

부옥령은 성신도 사람들이라면 설옥군이 기억을 잃은 것을 어렵지 않게 고칠 수 있을 것이라고 믿었다.

그런데 문제가 있다. 설옥군의 잃어버린 기억을 되살리는 과정에 그녀가 기억을 잃은 후에 만든 새로운 기억이 날아가 버릴지도 모르는 일이다.

부옥령은 그런 경우를 본 적은 없지만 소문을 들은 적은 여러 번 있었다.

소문에 의하면 기억을 되찾는 과정에 새로 생긴 기억을 잃는 경우가 왕왕 있다고 했다.

그렇지만 그런 내색을 진천룡 앞에서는 절대로 할 수 없다. 부옥령은 어디까지나 그가 제정신을 차리고 차분해지기만을 바랄 뿐이다.

"주인님 말씀이 맞아요. 삼만 리 머나먼 성신도에 찾아가느니 차분히 기다리고 있으면 언젠가는 소저께서 반드시 돌아오실 거예요."

"그럴 것이다, 하하하!"

마음이 많이 진정된 진천룡은 호쾌하게 웃기까지 했다.

잠시 후에 그는 정색을 하고 말했다.

"이제부터 성신도에 대한 정보를 수집해야겠다. 령아, 네가 힘을 써봐라."

부옥령도 표정이 밝아져서 명랑하게 대답했다.

"알겠어요, 주인님."

그러나 부옥령은 진천룡의 다음 말에 굳어버렸다.

"그렇지만 옥군이 다시 돌아올지도 모르니까 이곳에서 며칠 기다려 보기로 하자."

"며… 칠씩이나요?"

미치고 팔짝 뛸 일이다.

진천룡은 설옥군이 납치당한 그 산길에서 죽치고 앉아 있다가 열흘 만에야 궁둥이를 털고 일어섰다.

"옥군은 오지 않는갑다. 가자."

설옥군이 오지 않을 것이라는 사실을 납치당한 직후에 알게 된 부옥령이지만 아무 말도 하지 않았다.

괜히 한마디 했다가는 다 꺼진 불 쑤석거려서 불씨를 되살려 놓을까 봐 겁이 난 것이다.

복건성 남쪽에 위치해 있는 장태현은 성도인 복주만큼이나 번화한 곳이었다.

진천룡 일행은 혼잡한 장태현 번화가를 말을 타고 천천히 나아가고 있었다.

다각다각…….

한 필의 말에는 진천룡과 부옥령이 같이 타고 있다.

원래 설옥군이 진천룡과 한 말에 타고 있었으나 설옥군이 떠난 후에 부옥령이 그 자리를 대신했다.

부옥령이 진천룡을 차지하려는 자신의 흑심을 채우려는 것이 아니라 그가 워낙 외로워하기 때문에 위로하기 위해서 그의 말에 옮겨 탔던 것이다.

처음에 부옥령이 뒤에 타서 두 팔로 그의 허리를 안았으나 일 각도 지나지 않아서 그가 그런 자세가 불편하다며 앞으로 오라고 말했었다.

달라진 것이 있다면 그가 설옥군을 앞에 태웠을 때에는 깨가 쏟아질 정도로 온갖 짓을 다 했었지만 부옥령을 앞에 태우고는 그저 묵묵히 길을 갈 뿐이라는 것이었다.

이따금 부옥령이 그의 가슴에 몸을 눕히기도 하고 어깨에 뺨을 비비면서 애교를 부렸으나 그의 반응은 덤덤했다.

훈용강과 청랑, 은조, 옥소를 비롯한 취봉문의 세 여종은 암중에서 따르고 있다.

요천사계는 천하 요소요소에 요부(지부)를 두고 있는데 그 수가 모두 스물네 군데다.

진천룡과 부옥령이 화려하지는 않지만 비단 경장을 입었으며 또한 기름기가 좔좔 흐르는 칠흑 같은 흑마를 타고 있으므로 행인들은 알아서 슬슬 길을 터주었다.

더구나 천하절색인 부옥령과 준수하기 짝이 없는 진천룡이 마상에 나란히 앉아 있기 때문에 행인들은 두 사람에게서 시선을 떼지 못했다.

　현내에 들어오면서 부옥령은 몸을 꼿꼿하게 세웠다.

　"복건요부를 어쩔 생각이신가요?"

　그녀의 물음에 진천룡은 가볍게 고개를 끄떡이며 말했다.

　"일단 대화를 해봐야지 않겠느냐?"

　"말로 해서 들을까요?"

　"우리가 영웅문이라는 사실과 취봉문이 우리 휘하에 들어왔다는 것을 알면 뭔가 달라지지 않겠느냐?"

　"그럴 수도 그렇지 않을 수도 있어요."

　"무슨 뜻이지?"

　부옥령은 경험에 의한 자신의 생각을 말했다.

　"생각이 제대로 박히고 말귀를 알아먹는 작자들이라면 우리 말을 듣고 순순히 손을 뗄 거예요."

　"그렇지 않은 경우는 뭐지?"

　"보통 일개 방파나 문파라면 이런 상황에서 우리 말을 알아듣고 물러날 거예요."

　"그런데?"

　"지부 같은 것들은 믿는 구석이 있는 데다 굴복했다가는 상부의 엄중한 문책이나 징벌이 따르기 때문에 말을 듣지 않는 경향이 다분해요."

진검룡은 알겠다는 듯 고개를 끄떡였다.

"일리가 있는 얘기다."

그런데 바로 그때 거리 한쪽에서 날카로운 비명이 터졌다.

"으악!"

뒤이어서 둔탁한 음향과 여러 마디 비명이 재차 터졌다.

퍼퍼퍽! 투타닥!

"와악!"

"흐악!"

그러더니 오른쪽 거리 가장자리를 지나던 행인들이 갑자기 썰물처럼 길을 쫙 텄다.

진천룡은 슬쩍 말고삐를 당겨서 말을 멈추었다.

그가 보니까 거리 변의 어느 장원 앞이 어수선했다. 무기를 지닌 남녀 여러 명이 어린 소녀와 소년을 어깨에 메거나 옆구리에 낀 채 끌고 가는데 그 뒤를 장한과 여인들이 뒤따르면서 애원하고 있었다.

일견하기에도, 무기를 지닌 남녀가 어린 소녀와 소년을 납치하려는데 장원의 사람들이 결사적으로 말리다가 변을 당하고 있는 것 같았다.

장원의 장한과 여자들은 무공을 모르는 것 같은데도 소년과 소녀를 구하려 하고 있었다.

무기를 지닌 남녀는 여섯 명인데 뒤쫓는 장한과 여자들에게 무차별 주먹질과 발길질을 가했다.

그런데도 아무도 나서지 않고 사람들이 먼발치에서 지켜보기만 할 뿐이다.

장원에서 나온 장한과 여자 십여 명이 모두 얻어터져서 길바닥에 피를 뿌리며 널브러졌다.

활짝 열린 장원의 전문 밖으로 삼십 대 남녀가 나와서 끌려가는 소년과 소녀를 바라보며 눈물짓고 있었다. 한눈에도 소년과 소녀의 부모 같았다.

소년과 소녀를 끌고 가는 여섯 명은 세 명의 남자와 세 명의 여자인데 그중 한 사내가 전문 앞의 남녀에게 살벌한 표정으로 협박을 했다.

"명심해라! 오늘 저녁 술시까지 돈을 갖고 오지 않으면 이것들을 팔아버리겠다!"

*　　　*　　　*

그가 이것들이라고 말하는 것은 어린 소년과 소녀였다.

부옥령은 진천룡을 돌아보았다. 의협심이 강한 그가 이런 상황을 그냥 지나치지 않을 것이라고 짐작했다.

아니나 다를까 진천룡은 장원을 향해 천천히 말을 몰아서 가기 시작했다.

부옥령은 행인들 속에 섞여 있지만 시야에 보이지 않는 취봉문의 세 여자 즉, 취봉삼비(翠鳳三婢) 중에 화운빙에게 전음으로 물었다.

[저것들은 누구냐?]

취봉삼비란 한하려와 소가연, 화운빙이 진천룡의 종이라는 뜻으로 여종 비(婢)라고 붙였다.

잠시 후에 화운빙의 대답이 들렸다.

[요계의 요녀와 유마부의 마졸입니다.]

부옥령이 취봉삼비에게 명령했다.

[놈들을 막아라.]

[제압할까요?]

[그래. 죽이진 마라.]

쓸데없는 살인 같은 걸 하지 않으려는 뜻이다.

암중에는 청랑과 은조, 옥소, 훈용강을 비롯한 몇 명의 영웅 호위고수들이 있지만 나서지 않았다.

전문 앞의 부부는 요녀와 마졸들에게 울부짖었다.

"한나절 만에 어떻게 은자 십만 냥을 구한다는 말이오? 그런 억지가 어디에 있소?"

"으흑흑흑! 제발 우리 아이들을 돌려주세요……!"

진천룡이 장원의 전문 위 현판을 보니까 선학서원(禪學書院)이라고 적혀 있는 것으로 미루어 이곳은 학문을 하는 서원인 것 같았다.

선학서원에는 무술을 하는 사람은 한 명도 없고 그저 힘깨나 쓰는 하인과 하녀들이 십여 명 있는데 그들은 요녀와 마졸들에게 두들겨 맞아서 땅바닥에 나뒹굴어 죽는다고 신음을 흘리고 있다.

전문 앞의 부부는 자식들을 돌려달라고 울부짖고 있으며 끌려가는 소년과 소녀는 부모를 부르며 발버둥을 치면서 울어 대고 있다.

그런데 기세등등하게 소녀과 소녀를 끌고 가는 요녀와 마졸들 앞에 느닷없이 세 여자가 불쑥 나타나서 가로막았다.

반로환동의 경지에 도달한 화운빙은 십칠 세 소녀로, 한하려는 이십 세, 소가연 역시 대여섯 살 어린 십칠 세로 보이기 때문에 마치 경국지색의 세 자매 같았다.

제아무리 요녀와 마졸들이라고 하지만 취봉삼비의 외모와 은은히 풍겨지는 기도를 느끼지 못할 리가 없다.

여섯 명의 요녀와 마졸들 중에 우두머리인 듯한 자가 쭈뼛거리면서 입을 열었다.

"누… 누구시오?"

가운데 선 소가연이 냉랭하게 명령했다.

"그 아이들을 풀어줘라."

우두머리는 자신의 좌우에 소년과 소녀를 옆구리에 끼고 있는 마졸 두 명을 힐끗 쳐다보았다.

그는 이런 상황에서 어떻게 대처해야 할지 연습한 적이 없기 때문에 머뭇거릴 수밖에 없다.

"우… 린 명령을 수행하는 중이오. 물러나시오."

소가연은 아미를 살짝 찌푸리며 손을 뻗었다.

"귀찮은 놈이로구나."

쉬잉!

짧고 간명한 음향이 흐르는 것 같더니 우두머리와 두 명의 마졸은 마혈이 제압됐다.

퍼퍼퍼퍽!

"윽……."

"흐윽……."

소년과 소녀를 옆구리에 끼고 있는 두 명의 마졸이 고꾸라지자 소가연이 미끄러지듯이 다가가서 어느새 소년과 소녀를 낚아채 자신의 양쪽에 가지런히 세웠다.

쿠쿠쿵!

세 명의 마졸은 썩은 고목처럼 땅에 나뒹굴었다.

소가연이 무려 일 장 반 거리에서 지풍으로 마졸 세 명을 순식간에 제압하자 다른 세 명의 요녀는 크게 놀라고 당황하여 어쩔 줄 몰랐다.

소가연이 요녀들을 보면서 가볍게 고개를 끄떡였다.

"도망가면 살려주마."

그러자 요녀들은 서로의 얼굴을 보면서 머뭇거렸다. 도망치고 싶지만 돌아간 뒤의 후환이 두려운 것이다.

요녀들이 눈치만 보고 있자 소가연은 그녀들을 제압하려고 손을 들었다.

그때 부옥령의 전음이 들렸다.

[겁을 줘서 도망가게 만들어라.]

어째서 그렇게 해야 하는지는 모르겠지만 소가연은 시키는 대로 했다.

그녀는 세 명의 요녀를 향해 손끝을 슬쩍슬쩍 서너 차례 흔들었다.

그러자 그녀의 다섯 손가락에서 귀청을 찢을 듯한 엄청난 파공음을 내며 이십여 줄기의 지풍이 소나기처럼 쏟아졌다.

쐐애애액!

짜아아아악!

이십여 줄기의 지풍이 세 명의 요녀 좌우로 아슬아슬하게 스쳐 지나갔다.

"아악!"

"으앗!"

자신들의 뺨 옆과 귓전을 스쳐 지나가며 허공을 찢어발기는 소나기 같은 지풍들 때문에 요녀들은 안색이 하얗게 질리면서 혼비백산했다.

요녀들은 똥줄이 타는 것처럼 다리가 보이지 않을 정도로 빠르게 도주했다.

부옥령이 다시 소가연에게 전음했다.

[마졸들도 풀어줘라.]

소가연은 즉시 지풍을 날려서 땅바닥에 쓰러져 있는 마졸 세 명의 마혈을 풀어주었다.

마졸들은 퉁기듯이 화다닥 일어나더니 뒤도 돌아보지 않고 도망쳤다.

소년과 소녀는 울면서 부모에게 달려가 안겼다.

선학서원은 매월 은자 일만 냥씩 상납하라는 명령을 다섯 달 동안 이행하지 않았다. 때문에 복건요부에서 선학서원 원주의 아들과 딸을 인질로 끌고 가려 했던 것이다.

매월 은자 일만 냥씩 다섯 달을 못 냈지만 그게 엄청난 이자를 쳐서 은자 십만 냥이 됐다는 것이다.

원래 복건요부와 유마부는 무림에 속한 방파나 문파, 무도관 등에만 상납금을 받았으나 일 년여 전부터는 민간들에게도 닥치는 대로 상납금을 걷고 있다.

선학서원은 장태현 내에서 가장 유명하고 잘 가르치는 서원이라서 수업하는 학동들의 수가 많은 편이다.

그렇다고 해도 선학서원의 한 달 수입은 은자 이천 냥 수준이었다.

그래서 매월 은자 일만 냥씩 상납하는 것은 무리라고 손이 발이 되도록 빌었지만 헛수고였다.

상납금에 불만이 있거나 내지 않으면 몰살시키겠다고 으름장을 놓는데 어쩔 도리가 없었다.

이곳 장태현에는 방파와 문파, 무도관을 합치면 삼십 곳 정도 되는데, 주루와 기루, 각종 장사와 사업을 하는 곳들까지 도합 삼백여 곳에서 상납금을 받아내고 있는 상황이다.

선학서원의 원주 남운봉(藍雲奉)은 진천룡과 부옥령 맞은편에 앉아서 착잡한 표정으로 말했다.

"일단 고비를 넘기긴 했지만 그들은 또다시 몰려올 겁니다. 그때는 몰살당할 각오를 해야 합니다."

사십 대 초반의 남운봉은 진천룡 등이 자식들을 구해준 일을 그다지 달가워하지 않는 표정이었다.

그도 그럴 것이 아까는 요녀와 마졸 여섯 명이었지만 잠시 후에는 떼거리로 몰려올 것이기 때문이다.

말하자면 진천룡 등이 선학서원을 도와준 것이 아니라 벼랑 끝으로 내몬 것이다.

아까는 어떻게든지 애걸복걸 사정을 하면 은자 십만 냥을 조금이라도 깎을 수 있었겠지만, 지금은 은자 십만 냥을 다 준다고 해도 괘씸죄가 포함된 탓에 무사하지 못할 것이라는 얘기다.

남운봉과 아내는 손을 꼭 잡은 채 마치 잠시 후에 도살장에 끌려갈 것만 같은 표정을 짓고 있다.

진천룡은 찻잔을 들어 입으로 가져가면서 나직이 말했다.

"연아, 너는 어떻게 생각하느냐?"

그의 뒤에는 취봉삼비가 나란히 서 있는데 그중에 소가연이 공손히 고개를 숙이며 대답했다.

"이곳의 복건요부와 유마부의 지부 장태마부(長泰魔部)를 괴멸시켜야 해요."

"할 수 있겠느냐?"

소가연은 생긋 미소 지었다.

"주인님께서 소첩들에게 두 시진만 시간을 주시면 둘 다 몰살시키겠어요."

부옥령은 손을 내저었다.

"그럴 필요 없다."

"무슨 말씀이신지……."

부옥령은 흐릿한 미소를 지었다.

"아까 그놈들을 살려서 보냈으니까 잠시 후에 동료들을 떼거리로 몰고 올 것이라는 뜻이다."

소가연은 아! 하는 표정을 지었다.

"그래서 그들을 살려 보내라고 하셨군요?"

"그렇다."

남운봉 부부는 부옥령 등의 대화를 들으며 크게 놀라면서도 어이없는 표정을 지었다.

복건요부와 장태마부는 이곳 장태현에서 가장 크고 강한 세력인데 진천룡 일행이 마치 동네 건달 무리처럼 대하고 있기 때문이다.

부옥령은 남운봉의 표정을 보고 그가 무슨 생각을 하고 있는지 짐작했다.

부옥령은 남운봉에게 지나가는 말처럼 넌지시 물었다.

"당신은 복건성을 좌지우지하는 방파나 문파가 어디라고 생각하나요?"

남운봉은 복건성 사람이라면 다 알고 있는 사실을 마뜩찮은 얼굴로 대답했다.

"그야 취봉문과 삼절맹, 유마부가 아니겠습니까?"

부옥령은 뒤돌아보면서 소가연을 가리켰다.

"이 사람이 누굴 것 같나요?"

남운봉은 미간을 잔뜩 좁혔다.

"글쎄요……."

이런 상황에 무슨 수수께끼를 하는 것이냐는 표정이다.

부옥령이 소가연에게 물었다.

"너, 누구냐?"

소가연은 공손히 허리를 굽히며 말했다.

"취봉문주 소가연입니다."

남운봉은 어리둥절한 표정을 지었다.

부옥령은 이번에는 취봉삼비 옆에 서 있는 훈용강과 청랑, 은조 중에서 훈용강을 가리켰다.

"너는 누구냐?"

훈용강이 공손히 대답했다.

"삼절맹주 삼절사존 훈용강입니다."

"……!"

남운봉과 부인은 경악하는 얼굴로 훈용강과 소가연을 번갈아 쳐다보았다.

기세가 오른 부옥령은 마지막으로 진천룡을 두 손으로 공손히 받들듯이 가리켰다.

"이분께선 항주 영웅문주이신 전광신수 진천룡이에요."

"……!"

진천룡은 찻잔을 슬쩍 들어 보이며 빙그레 미소 지었다.

"차가 맛있구려."

"……."

남운봉은 버썩 얼어붙은 얼굴로 진천룡을 바라보는데 자신도 모르게 몸을 부르르 떨었다.

부옥령은 그런 남운봉을 보면서 미소를 지으며 말했다.

"어떤가요? 아직도 이곳이 몰살당할 거라는 생각에 변함이 없나요?"

남운봉은 벌떡 일어서더니 앉아 있는 부인의 옷자락을 급히 잡아끌어 일으켰다.

그는 절반쯤 정신이 나간 표정으로 말했다.

"제가 눈이 있어도 하늘을 알아보지 못했습니다… 부디 용서하십시오."

냇물은 우물물을 침범하지 않는다고, 무림과 학문을 하는 유림(儒林)은 각각 영역이 다르지만 그렇다고 해서 유림이 세상 돌아가는 것마저도 모르지는 않다.

영웅문이 절강성을 일통한 이후에 강서성 남창의 조양문을 휘하에 두어 남창지부로 삼았으며 강소성과 절강성, 강서성, 복건성의 날고 기는 기라성 같은 인물들을 휘하에 거느리고 있다는 소문은 강남에 살고 있는 사람들이라면 귀에 딱지가 앉도록 들었다.

영웅문주 전광신수라고 하면 무림은 물론이고 유림과 상계 등을 모두 아우르는 절대영웅인 것이다.

남운봉과 부인은 탁자 옆으로 나와 나란히 서서 진천룡을 향해 무릎을 꿇고 부복했다.

"유림말학 남운봉 내외가 문주를 뵈옵니다……!"

그의 말이 끝나기도 전에 그와 부인의 몸이 깃털처럼 가볍게 둥실 허공으로 다섯 자나 떠올랐다.

"아앗!"

"으헛!"

두 사람은 혼비백산해서 비명을 질렀다.

하지만 그들은 다섯 자 높이에서 천천히 이동하여 조금 전 자신들이 앉아 있던 의자에 살포시 내려졌다.

"아아……."

귀신에게 홀린 듯한 표정을 짓고 있는 남운봉 부부는 대체 누가 무슨 신기를 부렸는지조차 알지 못했다.

그도 그럴 것이 진천룡과 부옥령은 느긋하게 차를 마시고 있었기 때문이다.

부옥령은 찻잔을 내려놓으며 차분하게 말했다.

"우리는 요천사계의 복건요부와 유마부의 장태마부를 몰살시키려고 온 것이니까 당신들은 아무 염려 하지 말고 편하게 지내도록 해요."

남운봉 부부는 다시 일어나서 그 자리에 엎드리려다가 암중에 뿜어온 무형의 잠력에 의해서 다시 자리에 앉혀졌다.

진천룡은 온화하게 미소 지으며 찻잔을 내밀었다.

"차 한 잔 더 주겠소?"

남운봉 부인이 소스라치게 놀라 일어섰다.

"자… 잠시만 기다리세요……!"

『붕정대연가(鵬程大戀歌)』 15권에 계속…